Der Todeskoffer

Schicksal eines Leiharbeiters

Kurt von der Heide

Der Todeskoffer

Schicksal eines Leiharbeiters

Covergestaltung

Raven Elisabeth Dietzel

Raven Elisabeth Dietzel

wurde 1995 in Detmold geboren. Mit fünf Jahren lernt sie auf eigene Initiative lesen, mit sieben begreift sie, dass hinter jedem Buch, das sie liest, ein Mensch steht, der es geschrieben hat. Von da an steht ihr großes Ziel fest.

Ihre Kindheit und Jugendzeit hindurch schreibt sie was das Zeug hält und lässt sich durch nichts davon abbringen.

Raven Elisabeth Dietzel schafft vordergründig Lyrik, Prosa und Illustrationen. Die Gedichte entstammen der Lebensrealität einer jungen Frau, schrecken aber auch vor Politischem nicht zurück.

Bibliografische Information der Deutschen Nationalbibliothek:
Die Deutsche Nationalbibliothek verzeichnet diese Publikation in der
Deutschen Nationalbibliografie; detaillierte bibliografische Daten
sind im Internet über http://dnb.dnb.de abrufbar.

© **2015 Kurt von der Heide**

Herstellung und Verlag: BoD – Books on Demand, Norderstedt

ISBN: 978-3-7386-5476-9

Prolog

Udo Lange, die Hauptfigur dieses Romans, gerät durch psychische Probleme in Situationen, die ihn und andere in Gefahr bringen.
Psychische Probleme ausgelöst durch Missachtung und Verachtung seiner Mitmenschen, weil er als Leiharbeiter sein Geld verdient.
Nicht umsonst lautet der Untertitel:
Schicksal eines Leiharbeiters!

Die Handlungen in diesem Roman sind zum großen Teil frei erfunden, aber eben nur zum Teil….

Die Maschinen liefen sehr schnell, liefen ohne Erbarmen und kannten keine Pause. Jede Spritzgießmaschine produzierte verschiedene Kunststoffteile. Alles lief automatisch: wenn sich das Innenteil, welches auch Schließeinheit genannt wurde, öffnete, kam von oben ein großer Greifarm automatisch herunter, welcher sich zielgenau das Kunststoffteil griff und es dann auf ein Förderband ablegte.

Alles lief automatisch in dieser Halle, genau wie Udo. Der lief zwischen drei dieser grün gestrichenen Ungeheuer hin und her. Es gab natürlich einen gewaltigen Unterschied: Udo war ein Mensch und keine Maschine! Ein Mensch von 52 Jahren, der einen Kampf gegen drei Maschinen führte, den er nicht gewinnen konnte. Er musste die produzierten Teile nicht nur in Kartons packen, sondern vorher auch noch Löcher hinein bohren, die dann entgratet und poliert werden mussten.

Bereits eine Stunde nach Schichtbeginn war er schweißgebadet und schaffte seine Arbeit nicht mehr. Die Teile fielen vom Band und er musste sie entsorgen. Die „lieben" Kollegen, welche Udos Schufterei mitbekamen, hatten für ihn keine hilfreiche Hand, sondern nur ein hämisches Grinsen. So nahm er allen Mut zusammen und ging zu seinem Meister.

Er wollte seinem Chef von seinen großen Problemen erzählen und hoffte, dass dieser ihm helfen würde. Udos Chef hatte eine Lösung, aber die war ganz anders als erwartet.

„In der Zeit, in der du hier rumstehst und mir die Ohren volljammerst, dass dir dieses bisschen Arbeit zu viel wird, fallen schon wieder Teile auf den Boden, die wir dann wegschmeißen können. Beweg deinen fetten Arsch schneller, dann schaffst du auch deine Arbeit!"

Der Meister hob den Fuß und machte eine Bewegung, als wollte er Udo auch noch in den Allerwertesten treten.

Dieser sagte nichts zu den Äußerungen und warf dem Meister einen Blick zu, der alles ausdrückte, was Udo mit Worten nicht sagen konnte oder wollte: Fassungslosigkeit, Erstaunen, Wut und Trotz.

Nach diesen demütigenden Worten ging er zurück an seinen Arbeitsplatz.

Wen wundert es, dass die Worte vom Meister nicht gerade einen Motivationsschub bei Udo auslösten?

Er gab sich jetzt überhaupt keine Mühe mehr, die Arbeit zu schaffen. Wenn die Teile vom Band fielen, na ja, dann fielen sie eben! Udo war das egal und es störte ihn nicht.

Zum Meister würde er jedenfalls nicht mehr gehen! Das brauchte er auch nicht, denn dieser kam zu ihm und brachte noch jemanden mit.

„So, du Pfeife", sagte der Meister, „ich habe hier Stefan mitgebracht. Das ist ein Mann auf den ich mich verlassen kann und der dich hier ablöst. Für dich habe ich eine andere Arbeit. Komm mit!"

Udo nahm seine Sachen und ging mit dem Meister in einen Nebenraum. Dort bekam er ein paar Müllbeutel in die Hand gedrückt:

„Du machst jetzt in der ganzen Firma die Mülleimer leer. Danach wischt du die beiden Umkleideräume der Männer. Die Putzfrau hat sich krank gemeldet und für dich ist das ja wohl die richtige Arbeit. Ich hoffe, du schaffst wenigstens das, sonst ist der nächste Erste für dich der Letzte hier bei uns!" mit diesen verächtlichen Worten und einer obszönen Geste ließ der Meister Udo stehen.

Dieser stand nur da und fühlte sich total erniedrigt, gedemütigt und behandelt wie der letzte Dreck! Jeder andere Mann hätte dem Meister einige passende Worte gesagt! Jeder andere Mann, aber nicht Udo! Für ihn war der Meister unantastbar, ungefähr so wie man sich einen Halbgott in Weiß vorstellt. Udo brauchte diesen Job um jeden Preis!

Egal was er dafür machen musste, er würde es tun. Auch wenn er ständig gedemütigt wurde, er ließ sich alles gefallen. Er redete sich immer ein, dass er sich daran gewöhnt hatte und es ihm so gut wie nichts mehr ausmachte. Einen größeren Selbstbetrug gab es nicht!

Udo tat also genau das was ihm gesagt worden war, er ging los, um den Müll einzusammeln.

Als er an seinem Arbeitsplatz vorbeikam, sah er den lieben Kollegen Stefan in aller Ruhe seine Arbeit machen, wobei der noch einen Becher Kaffee in der Hand hatte.

Das ist doch unmöglich, dachte Udo und fing wieder an, sich in Selbstzweifel zu stürzen. *Ich hetze mich ab und schaffe die Arbeit nicht und der Stefan hat noch Zeit, nebenbei einen Kaffee zu trinken. Der ist wirklich viel besser als ich und die Drecksarbeit hier mache ich zurecht!*

Als Stefan sah, dass Udo ihn beobachtete, winkte er diesen mit einem höhnischen Grinsen zu. Udo packte den Müllbeutel fester und machte sich auf den Weg zum nächsten Mülleimer.

Was er aber nicht mitbekam, war, das Stefan nur an zwei Maschinen arbeiten musste! Der Halbgott im blauen Kittel hatte wieder versucht Udo zu verarschen und es war ihm auch gelungen!

Udo freute sich auf den Feierabend und auf das Wochenende. Dieser Freitag war einfach die Krönung einer total verkorksten Woche.

Er merkte einmal mehr, dass er als Leiharbeiter ganz unten in der Hierarchie stand und dieses täglich bei der Arbeit zu spüren bekam. Tief in seinem Innersten hätte er alles dafür gegeben, am kommenden Montag nicht mehr in dieser Firma auflaufen zu müssen! Aber Udo wusste, dass dies nur ein Wunschdenken war.

Er verdiente nur neun Euro brutto die Stunde und seine Frau Martina hatte als Teilzeitkraft bei einer Reinigungsfirma auch nur 550 Euro. Bei dem geringen Einkommen mussten sie mit jedem Cent rechnen, zumal auch noch Schulden abbezahlt werden mussten.

Nach schlechten Erfahrungen hatten sie es sich auch abgewöhnt, mit anderen Leuten über ihre Berufe zu sprechen oder die Worte „Leiharbeiter" oder „Putzfrau" in den Mund zu nehmen!

Oft war Udo sogar froh, dass ihre Ehe kinderlos geblieben war, denn er konnte sich gut vorstellen, dass die Kinder auch zu spüren bekommen hätten, dass ihre Eltern wenig Geld haben. Man hörte so viel von gemoppten

Schülern, weil die Eltern es sich nicht leisten konnten, Markenklamotten zu kaufen.

Aber das war jetzt alles nicht so wichtig, denn es waren nur Momentaufnahmen, die ihm durch den Kopf schossen.

Udo war wieder einmal wütend auf sich selbst, nicht auf seinen Meister oder den Arbeitskollegen. Das Schlimme daran war, dass diese Wut schon nach wenigen Augenblicken in das depressive Gefühl eines Versagers umgewandelt wurde.

Ich schaffe meine Arbeit nicht, egal wie ich mich quäle. Andere sind immer besser als ich. Es ist richtig, dass ich immer die Drecksarbeit mache. Es muss ja auch Fußabtreter geben. Langsam wird mir alles zu viel. Von mir aus könnte jetzt neben mir eine Bombe explodieren, dann ist wenigstens alles vorbei. Ich muss aufpassen, dass keiner etwas merkt. Lachen, wenn es von mir erwartet wird und mit den Wölfen heulen!

Udo war so mit seinen negativen und depressiven Gedanken beschäftigt, dass er sich nicht richtig auf das Autofahren konzentrierte und zweimal beinahe einen Unfall verschuldet hätte.

Um allem die Krone aufzusetzen, wurde er auch noch geblitzt.

Seine Gedanken ließen ihm keine Zeit auf die Geschwindigkeit zu achten. Seine Verzweiflung wurde noch größer, denn Martina und er mussten sowieso schon mit jedem Cent rechnen und dann das auch noch!

Als Udo nach Hause kam, war er froh, dass seine Frau noch am arbeiten war, denn zwischen ihm und Martina gab es seit einiger Zeit Probleme. Vor allem die finanzielle Situation bereitete ihnen schon seit Jahren große Sorgen.

Udo ertappte sich immer wieder dabei, dass ihn Zukunftsängste plagten und er sich wie ein Versager vorkam.

Er ging ins Badezimmer, zog seine durchschwitzten Arbeitssachen aus und stellte sich unter die Dusche, in der Hoffnung, dass nicht nur der Arbeitsschmutz, sondern auch seine Gedanken weggespült werden.

Nach dem Duschen und in frischer und sauberer Kleidung ging Udo ins Wohnzimmer, um den Fernseher einzuschalten.

Dabei fiel sein Blick auf das große Hochzeitsfoto mit Martina, welches direkt über dem Fernseher hing. Diese Aufnahme wurde vor mittlerweile 23 Jahren gemacht.

Es war damals eine Traumhochzeit mit einem super glücklichen Ehepaar.

Es war über viele Jahre eine wilde und schöne Zeit. Udo und Martina standen mit beiden Beinen fest im Leben, wie man so schön sagt.

Sie spielten Golf und Tennis, sie gingen auf Partys und gaben auch welche. Die beiden reisten viel und machten die Welt unsicher.

Udo und Martina verdienten eben gut und wollten das genießen was man „Leben" nennt. Kein Gedanke wurde daran verschwendet, sich etwas Eigenes anzuschaffen. Kein Gedanke an Kinder, dafür wäre ja später noch Zeit, ja genau, später. Erst einmal das Leben genießen!

Dann schlug etwas zu, das man Schicksal nennt, erbarmungslos und mit aller Wucht! Innerhalb eines Jahres starben von beiden die Eltern, von Martina die Schwester und zwei Freunde. Seine Frau hatte das nicht verkraftet und musste vom Psychologen behandelt werden.

Danach kam die Arbeitslosigkeit, erst bei Udo und dann bei ihr. Er fand bald wieder Arbeit, seine Frau leider nicht. Doch ein Jahr später war er schon wieder ohne Arbeit und das für sechs Monate.

Glücklicherweise fand Martina einen Teilzeitjob bei einer kleinen Reinigungsfirma. Es gab aber doch große Umstellungen und Einschnitte in ihren Leben.

Udo fand zwar einen Job bei seiner jetzigen Leiharbeitsfirma, aber sie mussten ihre schöne, große Wohnung gegen eine kleine, aber bezahlbare eintauschen.

Da die beiden es gewohnt waren, nicht auf jeden Euro achten zu müssen, fiel es ihnen schwer mit wenig Geld auszukommen und so war es logisch, dass sich auch Schulden anhäuften.

Udo und Martina merkten deutlich, dass sich ihr Umfeld von ihnen mehr und mehr distanzierte. Der Kontakt mit sogenannten „Freunden" wurde immer weniger.

Besuche von Familienmitgliedern gab es auch nicht mehr und die anderen Hausbewohner mieden den Kontakt, nachdem die Begriffe „Leiharbeiter" und „Putzfrau" gefallen waren.

Ganz besonders schmerzlich war die Situation an Martinas 50. Geburtstag: alle ausgesprochenen Einladungen wurden abgesagt, so dass Udo und Martina den Geburtstag alleine begangen.

Udo merkte erst jetzt, dass er eine Hand an das Bild gelegt hatte und ihm Tränen die Wangen herunter liefen. Er wischte sich die Tränen ab, schaltete den Fernseher ein und suchte ein Programm, das etwas Lustiges zu bieten hatte, in der Hoffnung, dass ihn das Ablenken würde.

Martina musste noch bis 19:00 Uhr arbeiten, worüber Udo ganz froh war, denn er hatte ihr ja noch zu beichten, dass er geblitzt worden war.

Martina kam um 19:30 Uhr nach Hause. „Hallo Schatz, ich bin da", rief sie, noch in der Tür stehend. Udo wurde dadurch wach, denn er war vor dem Fernseher eingeschlafen.

Er stand auf, ging auf Martina zu, gab ihr einen Kuss und fragte: „Hallo Liebes! Wie war dein Tag?"

„Gut, und deiner?" „Auch gut! Ich habe heute auch ein Lob von meinem Meister bekommen!"

Udo log, ohne rot zu werden, denn er wollte seiner Frau eine Freude machen. Was er in Wirklichkeit in dieser Firma durchmachen musste, hatte er seiner Frau noch nie erzählt.

„Das ist ja toll", antwortete Martina. „Hast du das Abendessen fertig? Ich habe einen Mordshunger!" Oh weh! Das hatte Udo im wahrsten Sinne des Wortes verschlafen.

„Schatz, dass tut mir leid! Ich bin vor dem Fernseher eingeschlafen und habe nichts gemacht. Aber ich werde dir ganz schnell etwas Leckeres zaubern!" Mit diesen Worten war er schon auf dem Weg in die Küche. „Du bist schon seit Stunden zu Hause, wir haben gleich acht Uhr und du hast es nicht fertig gebracht Abendessen zu machen?" reagierte Martina Sauer. Udo nahm das gar nicht wahr, er öffnete den Kühlschrank und fragte:

„Martina, wo ist denn das Hackfleisch mit dem wir heute Frikadellen machen wollten?" Er zuckte zusammen, als Martina laut wurde:

„Wo ist denn das Hackfleisch? Jetzt sag bloß, du warst nicht einkaufen? Ich habe dir doch alles aufgeschrieben, damit ich das nicht heute Abend auch noch machen muss!"

Richtig, dass hatte er doch ganz vergessen! „Es, es tut mir leid", stotterte Udo und bekam einen roten Kopf. „Ich war einfach fertig von der Arbeit und wollte nur ganz schnell nach Hause und habe überhaupt nicht ans Einkaufen gedacht."

„Du warst fertig von der Arbeit? Das ich abends von meiner Arbeit auch kaputt bin, auf diese Idee kommst du wohl nicht? Immer nur du, du, du! Jetzt gib mir Geld und den Einkaufszettel! Ich fahre noch einmal los, um einzukaufen und in der Zwischenzeit kannst du ja auch versuchen, dein bisschen Verstand wieder zu finden, den hast du ja scheinbar irgendwo liegen lassen!"

Martina steigerte sich immer mehr in ihre Wut hinein. Udo gab ihr seine Geldbörse mit den Worten:

„Der Einkaufszettel klebt im Auto am Armaturenbrett." Seine Frau sah ihn mit offenem Mund an.

Sie stürmte zur Tür hinaus und knallte diese so laut zu, als sollte das ganze Haus zusammen fallen.

Martina ließ einen Udo zurück, der nicht wusste, wie ihm geschah. Dabei hatte er seiner Frau doch nur erzählt, wie er sich gefühlt hatte, total fertig und geschafft von der Arbeit.

Was Martina nicht wusste und Udo selber auch nicht merkte: Es war die Psyche, häufig von allen nur verlacht, welche ihn Zugrunde richtete und eines Tages eine tickende Zeitbombe zum explodieren bringen würde!

Udo beeilte sich, in der Küche alles für das Abendessen der beiden vorzubereiten. Er schälte Kartoffeln, hackte zwei Zwiebeln klein und stellte einen Topf und eine Pfanne auf den Herd. Danach deckte er noch den Tisch und wartete auf seine Frau.

Das Einkaufcenter war mit dem Auto schnell zu erreichen und Martina war bestimmt bald wieder da.

Udo setzte sich nach getaner Arbeit an den Tisch und wartete auf seine Frau und wartete und wartete. Es wurde neun Uhr, es wurde zehn Uhr und keine Martina kam.

Gegen halb elf ging die Haustür auf und sie stand da: ohne Einkaufstüten in den Händen, mit einem Blick, der Tote wieder zum Leben erweckt hätte. Die beiden Fäuste waren in die Hüften gestemmt, ein Racheengel, wie man ihn sich besser nicht vorstellen konnte!

„Hallo Süßer, ich bin wieder da", säuselte Martina ganz lieblich.

Udo war von seinem Stuhl aufgestanden und ging auf Martina zu, das Gesicht ein einziges Fragezeichen. „Wo warst du so lange? Was hast du gemacht? Soll ich dir den Einkauf aus dem Auto holen?"

„Was ich so lange gemacht habe? Ich war ohne dich sehr gut essen!

Im Einkaufscenter habe ich deinen Arbeitskollegen Stefan getroffen und der hat mich eingeladen. Eingekauft habe ich nichts! Kannst du dir vorstellen, woran das gelegen hat?"

Die Stimme Martinas hatte nun absolut nichts Freundliches mehr und Udo hätte eigentlich spätestens jetzt gewarnt sein müssen, aber er ging weiter auf Martina zu.

„Es freut mich sehr für dich, dass du einen so schönen Abend hattest und du zum Essen eingeladen wurdest, aber woher soll ich wissen, warum du nichts eingekauft hast?"

„Du weißt es nicht?" Martina griff nach hinten in ihre linke Hosentasche, holte Udos Geldbörse hervor und warf ihm diese einfach vor die Füße.

„Kannst du mir dann mal erzählen, wo deine Kontokarte ist, wenn du schon kein Geld mehr darin hast? Weißt du eigentlich wie peinlich es ist, an der Kasse zu stehen und nicht bezahlen zu können? Du weißt, mein Konto ist so überzogen, dass ich kein Geld davon bekomme und du schickst mich zum einkaufen ohne Geld und ohne Karte!"

Martina konnte sich kaum noch beherrschen, als sie diese Worte von sich gab. Udo stand da wie ein Häufchen Elend.

Er bückte sich und steckte die Geldbörse ein und sagte zu seiner Frau ganz kleinlaut:

„Ich war gestern bei der Bank und wollte am Automaten Geld abheben. Nachdem ich es dreimal vergeblich versucht hatte, wurde die Karte eingezogen. Ich habe einfach vergessen, es dir zu sagen, dass tut mir leid!"

„Einfach vergessen?" Man sah Martina an, dass sie gleich vor Wut platzen würde. „Hast du vielleicht noch mehr vergessen mir zu sagen?" Udo stand nur da, sah sie an und sagte kein Wort.

„Du weißt wer der Mann war, der mich zum Essen eingeladen hatte? Es war dein Arbeitskollege Stefan und der hat mir erzählt, was du bei der Arbeit alles so machst!"

Martina lief jetzt langsam zu Hochform auf und holte für die kommenden Worte ganz tief Luft, denn die sollte Udo nie vergessen. Noch etwas machte sie mit voller Absicht: sie öffnete die Eingangstür ganz weit.

„Von wegen du hast einen guten Job und dein Chef ist mit dir zufrieden", schrie Martina außer sich vor Wut. „Du machst die ganze Drecksarbeit, weil du zu etwas anderem nicht zu gebrauchen bist! Mich anlügen und mir erzählen „mein Chef hat mich gelobt". Das ich nicht lache, du Märchenerzähler!

Du arbeitest schlecht und du verdienst schlecht. Ein Jasager und Arschkriecher bist du und mir, mir wird schlecht, wenn ich dich Waschlappen und Versager hier vor mir stehen sehe! Hoffentlich haben das jetzt auch alle hier im Haus mitbekommen!"

Martina atmete extrem heftig ein und aus und zitterte am ganzen Körper. Ihr Mann stand vor ihr mit gesenkten, rotem Kopf und Schweißperlen auf der Stirn.

„Mach doch wenigstens jetzt die Tür zu. Die Nachbarn müssen doch nicht alles mitbekommen!"

Martina lachte laut und höhnisch. „Die Tür zu? Warum? Es kann doch jeder hören, mit was für einem Versager ich verheiratet bin! Bei deiner Arbeitsstelle wissen es doch ohnehin schon alle!"

Wortlos und ohne sie anzusehen, ging Udo an ihr vorbei und machte die Tür zu. Dann drehte er sich zu seiner Frau und sprach:

„Ich kann dich verstehen und ich hoffe, dass es dir jetzt besser geht, nachdem du dir alles von der Seele geredet hast. Setz dich doch! Dann bringe ich dir ein Glas Wein. Ich hatte zum Abendessen eine Flasche auf den Tisch gestellt." Martina setzte sich, aber nicht, weil er das zu ihr gesagt hatte, sondern sie war fassungslos, weil Udo über das Gesagte scheinbar einfach so hinweg ging.

Er schüttete den Wein ein, ging zu ihr hin und reichte Martina das Glas mit den Worten: „Ich weiß, momentan ist alles ganz schlimm für dich, aber mir geht es auch nicht gut. Doch sobald es mir wieder besser geht, gehe ich zu meinem Chef und werde ihm ein paar Worte um die Ohren hauen, damit er weiß, dass es so nicht weiter geht!"

Martina nahm das Glas Wein, sah ihren Mann in die Augen und fing an zu lachen. „Du und deinem Chef die Meinung sagen? Weißt du, was er machen wird? Das gleiche, was ich jetzt auch tue."

Sie holte aus und schüttete Udo den Wein ins Gesicht. Danach ging sie, noch einmal verächtlich lachend, ins Schlafzimmer und schloss die Tür hinter sich zu.

Udo stand wie versteinert da und rührte sich nicht. Weil der Wein noch von seinem Gesicht tropfte, merkte man nicht, dass sich auch noch Tränen in die Flüssigkeit mischten.

Irgendwann waren es nur noch seine Tränen, die sich ihren Weg suchten.

Udo wusste nicht, wie lange er so gestanden hatte, aber plötzlich ging ein Ruck durch seinen Körper.

Er ging ins Badezimmer und wusch sein Gesicht. Als er sich nach dem Abtrocknen im Spiegel betrachtete, erkannte er sich nicht wieder! Dieses Gesicht widerte ihn an!

Dann ging er in Richtung Haustür, zog sich unterwegs Schuhe an und warf sich eine Jacke über. Aus der Schublade eines Schränkchens nahm er eine kleine Taschenlampe und steckte sie ein.

Als er dann die Türklinke von der Wohnungstür in der Hand hatte, drehte er sich noch einmal um und warf einen Blick aus traurigen, fast leblosen Augen in die Runde, bevor er die Wohnung verließ und die Tür leise hinter sich verschloss.

Es war schon nach Mitternacht, als Udo auf die Straße trat. Der Mond versteckte sich teilweise hinter einer Wolkenwand, Feuchtigkeit und Kühle waren spürbar.

Udo bliebe eine Weile stehen und holte ein paarmal tief Luft, um sich nach diesem demütigenden Streit mit seiner Frau zu sammeln und seine Gedanken zu ordnen. Aber was war da noch zu ordnen? Für ihn gab es sowieso nur noch eine Lösung, einen Gedanken, um den sich alles drehte.

Er griff in seine Jackentasche und holte eine Zigarettenpackung nebst Feuerzeug hervor. Es war nur noch eine Zigarette in der Packung. *Das passt ja! Eine letzte Zigarette!* dachte Udo. Er zündete sie an und ging auf die andere Straßenseite. Sie lebten hier am äußersten Stadtrand und die Straße war nur auf einer Seite bebaut. An dieser Straßenseite standen große Bäume und hohes Gebüsch.

Da der Mond auch kaum zu sehen war, gab es nur furchteinflößende Dunkelheit, die auch noch durch die Schatten der Bäume an vielen Stellen verstärkt wurde.

Für Udo war diese Dunkelheit ein Schutz, in den er sich jetzt zurückziehen konnte, denn er wollte von niemand gesehen werden. Außer den Geräuschen der Nacht, waren nur seine schlürfenden Schritte auf dem Asphalt zu hören. Er hatte zwar eine Taschenlampe dabei, aber Udo vermied es möglichst, sie zu benutzen, denn er wollte nicht durch einen dummen Zufall entdeckt werden.

Udo wusste <u>was</u> er wollte und <u>wohin</u> er wollte und setzte staksig und irgendwie unbeholfen wirkend, einen Schritt an den nächsten.

Die Bebauung auf der anderen Straßenseite hörte bald ganz auf, so dass man den Eindruck gewinnen konnte, man befände sich in einer dünnbesiedelten, ländlichen Gegend. Es fing an zu regnen, aber Udo merkte es nicht einmal. Er war jetzt schon 20 Minuten unterwegs und wusste, dass sein Ziel nicht mehr weit war.

Es wurde immer stiller und ruhiger um ihn herum, so als würde die Natur den Atem anhalten, zumindest wurde es von Udo so empfunden. Sein Ziel war nur noch zwei bis drei Gehminuten entfernt.

Er steuerte auf die Ruine eines alten Hauses zu. Wer von der Ruine nichts wusste, der fuhr daran vorbei, ohne sie zu bemerken. Sie lag auch etwas zurück und wurde von der der Natur hinter allerlei Büschen und Bäumen versteckt.

Der Weg, welcher zu dem Haus führte, sah aus wie ein wenig benutzter Waldweg. Die Straße, auf welcher Udo ging, machte 200m nach dem Haus eine scharfe Rechtskurve.

Er war nun fast am Ziel, bog auf den Waldweg ein und stand nach ca. siebzig Metern vor der Ruine. Es war für ihn ein ganz entscheidender Augenblick in seinem Leben, aber das konnte er nicht wissen!

In dem Licht seiner kleinen Taschenlampe war nicht viel zu erkennen, aber links führte ein kaum erkennbarer Trampelpfad um die Ruine herum. Diesen Pfad benutzte er, um einen sicheren Eingang zu finden.

Diesen fand Udo auch schon bald auf der gegenüberliegenden Seite des alten Hauses. Mauerreste, Schutthügel und Müll, zum großen Teil von Grün überwuchert oder von Sträuchern versteckt, machten es in der Dunkelheit mit wenig Licht nicht leicht, in das Innere der Ruine zu gelangen.

Nachdem er es geschafft hatte, leuchtete er einmal durch sein neues, etwas Unheimliches „zu Hause". Ein wenig schaurig war es schon. Es standen noch einige Wände, aber ohne Dach und mit Löchern von ehemaligen Fenstern und Türen wirkte alles wie in einem der berühmten Gruselfilme!

In dem Lichtkegel seiner Taschenlampe entstanden an den Wänden bizarre Figuren, und die Öffnungen der Türen und Fenster schienen wie bedrohliche Eingänge zur Hölle.

Udo ging in den nächsten Raum und fand dort eine bessere Gelegenheit, sich zu setzen. Das tat er dann auch und schloss die Augen.

Er war angespannt und aufgeregt und holte ein paar Mal tief Luft, um ruhiger zu werden. Sein ganzes bisheriges Leben lief vor seinem geistigen Auge ab: seine Kindheit und Jugend, die erfolgreichen und schönen Jahre, auch mit Martina.

Wie wohl bei jedem Menschen waren es die besonderen, meist schönen Augenblicke, welche in so einem Moment vor den Augen entstanden.

Aber dann waren da noch die Ereignisse der jüngsten Vergangenheit, bis hin zum heutigen Tag. Die Erinnerungen an die letzten Wochen und Monate löschten alles Gute und Positive in ihm schlagartig aus.

Seine Gedanken waren nun komplett negativ. Das Gefühl total versagt zu haben, sowohl beruflich als auch privat, verursachte bei ihm starke Kopfschmerzen. Dazu kamen Zukunftsängste und auch die Angst vor dem älter werden.

Udo wusste nicht mehr weiter und ließ seinen Tränen wieder freien Lauf. Er holte mit der rechten Hand aus der linken Tasche seiner Jacke ein Taschenmesser, klappte es auf und setzte die scharfe Klinge auf die Pulsschlagader seines linken Handgelenkes...

...dann kam ein Auto auf den Weg gefahren und tauchte die alte Ruine in ein grelles Scheinwerferlicht.

Udo blieb vor Schreck fast das Herz stehen und seine Hand mit dem Messer fing an zu zittern. Was sollte das? Wer wusste, dass er hier war und was er vor hatte? Niemand!

Er ließ das Messer fallen und rührte sich nicht von der Stelle. Sein Herz schlug rasend schnell und so laut, dass er glaubte, jeder müsste es hören. Udo horchte angestrengt, weil er fürchtete, Schritte zu hören, die sich in seine Richtung bewegten.

Dann wurde der Motor des Autos abgestellt und das Licht ausgemacht. Stille!

Udo saß ja an der Wand, die dem Auto zugewandt war und eine Fensteröffnung wurde von grünen Ranken fast komplett verdeckt. Nur darum fing er an, sich ganz vorsichtig zu bewegen. Er ging langsam auf die Knie und wagte es, seinen Kopf vorsichtig an die eine Ecke der Öffnung zu heben und nach draußen zu sehen.

Die Ranken waren gerade einen Spaltbreit auseinander, sodass er mit einem Auge nach draußen sehen konnte, in der Dunkelheit waren zwar die Umrisse eines Autos zu sehen, aber sonst weiter nichts.

Udo dachte: *Vielleicht ist es ein Liebespaar?* Er hatte sich gerade damit beruhigt, dass für ihn scheinbar keine Gefahr bestand, da kam ein zweites Auto durch die scharfe Kurve gefahren, wurde langsamer, bog auch auf den Weg ein und blieb direkt hinter dem ersten Auto stehen. Der Motor wurde abgestellt und auch diesmal blieb das Licht nicht an.

Udo fuhr der Schreck in die Glieder: hoffentlich kam niemand auf die Idee, sich in die Ruine zu begeben!

Bei dem Wagen, der zuerst angekommen war, ging jetzt die Fahrertür auf. Sofort ging das Licht am zweiten Auto an. So konnte Udo die Person einigermaßen erkennen. Es war ein Mann, schlank, ziemlich groß und mit kurzen, schwarzen Haaren. Er trug eine hellblaue Jeanshose und eine schwarze Jacke.

Aus dem zweiten Auto stieg nun auch ein Mann. Er war etwas vornehmer gekleidet und zwar ganz in schwarz. Zusätzlich hatte er auch noch einen langen schwarzen Mantel an, den er aber offen trug. Der Mann hatte blonde, fast weiße Haare, trug eine Brille und hatte in etwa die gleiche Figur wie sein Gegenüber.

Die beiden gingen langsam aufeinander zu und blieben im Lichtschein des Autos stehen. Sie begrüßten sich nicht mit Handschlag, schienen sich aber zu kennen. Die beiden sahen sich schweigend an.

Jeder wartete wohl darauf, dass der andere anfing zu reden. Den Anfang machte dann der Mann, welcher zuerst gekommen war.

Er sprach ganz ruhig und in normaler Lautstärke und da Udo nur wenige Meter von den beiden entfernt war, konnte er jedes Wort hören, aber nichts verstehen! Die beiden unterhielten sich leider in einer für ihn unbekannten Sprache.

Er starrte wie gebannt auf die beiden Männer, die sich nur wenige Meter vor ihm zu diesem nächtlichen Rendezvous getroffen hatten und war gespannt auf das, was noch geschehen würde, denn er war sich absolut sicher, dass dieses Gerede nicht alles war!

Udo vergaß darüber sogar seine eigene Situation, so intensiv beschäftigte er sich mit den beiden Männern. Er nahm jede Bewegung und jedes Wort, auch wenn er nichts verstand, so in sich auf, als wenn er direkt neben den beiden stehen würde.

Vielleicht war auch das der Grund, warum er etwas bemerkte, was die beiden vor ihm nicht sehen konnten: eine dunkle, schwarze Gestalt! Udo hatte durch Zufall, als der Mond einmal ganz kurz nicht von Wolken verdeckt wurde, eine Bewegung am Straßenrand bemerkt.

Er konzentrierte sich jetzt voll auf diese eine Gestalt. Trotzdem konnte er die Bewegungen mehr erahnen als deutlich sehen. Diese Person schlich ganz langsam, fast im Zeitlupentempo, am Straßenrand entlang. Jede kleine Deckung ausnutzend, stand die Person jetzt geduckt am Anfang des Waldweges.

Wenn Udo bis jetzt auf diese dritte Person geachtet hatte, nahm das Geschehen vor ihm wieder seine ganze Aufmerksamkeit in Anspruch.

Der blonde Mann aus dem zweiten Wagen ging auf einmal um sein Fahrzeug herum, öffnete die Beifahrertür, beugte sich hinein und nahm etwas heraus. Es war ein schwarzer Koffer, so wie ihn Ärzte oder Vertreter häufig hatten.

Udo warf einen Blick auf die dritte Person, oder wollte es zumindest, doch die konnte er nicht entdecken.

Der Mann mit dem Koffer ging jetzt direkt auf den ersten zu, welcher abwartend neben dem Auto stand. Als die beiden sich gegenüber standen, übergab er den Koffer. Zumindest wollte er es, denn als der dunkelhaarige gerade zugreifen wollte, viel dem anderen der Koffer aus der Hand. Der Mann, der ihn bekommen sollte, lachte und bückte sich um ihn aufzuheben. In dem Moment, als er sich bückte und ganz unten war, während er den Koffer packte, geschah Entsetzliches:

Der Blonde griff, so schnell er konnte, mit seiner Hand in die rechte Manteltasche und holte ein Messer heraus! Damit stach er blitzschnell zu, einmal, zweimal, dreimal! Nach dem dritten Stoß ließ er das Messer im Körper seines Opfers stecken! Der dunkelhaarige Mann kam nicht dazu, sich zu wehren oder auch nur einen Schrei auszustoßen und brach blutüberströmt zusammen.

Udo konnte gar nicht fassen, was er gerade gesehen hatte und wovon er Zeuge geworden war! Aber er hatte jetzt keine Zeit darüber nachzudenken.

Er konnte nämlich etwas sehen, dass der Mörder mit dem Messer nicht bemerkte.

Die dritte Person war nun aus der tiefen Dunkelheit wieder aufgetaucht, als der Blonde auf den anderen einstach.

Der unheimliche Dritte in diesem Gruselfilm machte im gleichen Augenblick, als der Mörder sein Werk vollendete, mehrere große Schritte in Richtung der beiden anderen und stand jetzt nur noch ca. 10m hinter dem blonden Mörder.

Dieser stand nun vor seinem Opfer, starrte darauf hinunter und fing an zu lachen.

Dann bückte er sich und zog dem Toten das Messer mit der linken Hand aus dem Rücken und wischte die blutverschmierte Klinge an dessen Kleidung ab.

Danach gab er diesem noch einen Tritt, sodass er auf dem Rücken zu liegen kam. Kalte und leblose Augen starrten jetzt in den wolkenverhangenen Nachthimmel.

Als der Messermörder sich bückte, um den Koffer aufzuheben, machte der bis dahin von ihm unbemerkte Dritte noch zwei große Schritte auf ihn zu.

Udo konnte nun auch ziemlich deutlich den ausgestreckten rechten Arm der vermummten und maskierten Gestalt sehen, in der Hand hielt er eine Pistole!

Aber der Blonde musste doch etwas gehört haben, denn er drehte, während er sich wieder aufrichtete, den Kopf nach hinten, wohl um zu sehen, ob das was er glaubte gehört zu haben, etwas zu bedeuten hatte.

Etwas zu bedeuten war leicht untertrieben, denn kaum hatte er den Kopf gedreht, machte es leise „Plopp"! Die vermummte Person hatte auf ihn geschossen und offenbar eine Pistole mit Schalldämpfer in der Hand. Sie brauchte nur einen Schuss für den Messermörder, denn dieser Schuss traf seitlich in den Kopf.

Blut und Hirnmasse spritzten nach allen Seiten davon. Der ehemals blonde Mann schrie einmal kurz auf, brach zusammen und schlug vorher noch mit dem Kopf auf den Kotflügel des Autos.

Der unbekannte Schütze blieb noch einen Augenblick stehen. Er schien zu horchen, zu wittern, wie ein Raubtier, dass sich von Niemandem die Beute wegnehmen lassen will. Er machte noch einige letzte Schritte, bis er vor den beiden Leichen stand.

Noch einmal sahen die dunklen Augen forschend durch die Schlitze der schwarzen Maske. Der Mann bückte sich, immer noch die Pistole schussbereit in der Hand, nach dem Koffer und hob ihn auf.

Udo hockte die ganze Zeit bewegungslos an der Fensteröffnung und sah durch die kleine Lücke der Ranken entsetzt nach draußen. Auch wenn er gewollt hätte, er wäre zu keiner Bewegung fähig gewesen. Nie im Leben hätte er sich vorstellen können, dass er so etwas jemals erleben würde.

Angstschweiß lief in großen Bächen sein Gesicht hinunter, als er mit ansehen musste, wie der maskierte Mann den blonden mit der Brille erschoss. Als dann auch noch das Blut in alle Richtungen spritzte, wurde es Udo so übel, dass er sich beinahe übergeben hätte. Nur mit größter Willenskraft konnte er den Brechreiz unterdrücken.

Denn was mit ihm geschehen würde, wenn dieser eiskalte Mörder ihn bemerkt, darüber gab sich Udo keinen Illusionen hin.

Es gab sogar einen Moment, in dem er dachte, dass ihn der Maskierte doch noch entdeckt hätte.

Als dieser sich nämlich noch einmal sichernd umsah, war die Pistole für einen Augenblick direkt auf Udo gerichtet, zumindest hatte dieser es so empfunden.

In dem Moment glaubte er jede Sekunde, dass letzte Geräusch welches er auf dieser Welt hören würde, wäre dieses leise „Plopp"! Aber nichts dergleichen geschah.

Der Maskierte hatte nichts gesehen, denn der Lichtkegel des Autos konnte auch nicht den letzten Winkel ausleuchten.

Nachdem der Killer nun endgültig den mit Blut besudelten Koffer genommen hatte, drehte er sich um und steckte die Pistole ein. Dann öffnete er die Fahrertür des letzten Autos und machte das Licht aus, denn das war bis dahin immer noch an. Er drehte Udo nun den Rücken zu, ging zur Straße zurück und dort nach links.

Udo hockte immer noch wie festgenagelt in seinem kalten, dunklen Versteck und versuchte das Geschehene irgendwie zu begreifen.

Zwei Männer kaltblütig ermordet und er war Augenzeuge! So etwas kannte er nur aus Filmen. Und überhaupt: was war in dem Koffer? Was war daran so besonderes, dass zwei Menschen dafür sterben mussten? Vielleicht waren schon mehr dafür gestorben? Udo hielt nach diesem Erlebnis alles für möglich!

Ihm wurde gar nicht bewusst, dass sich, zumindest vorläufig, ein etwas seltsamer Wandel vollzog: eben hatte er noch die Messerklinge angesetzt, um sich die Pulsader aufzuschneiden, weil er sterben wollte und jetzt? Jetzt hatte er um sein Leben gezittert und die ganze Zeit gehofft, nicht entdeckt zu werden.

Aber vielleicht war seine Reaktion normal, wie für jeden anderen auch in so einer Situation.

Udo dachte ganz kurz daran die Polizei zu rufen. Notgedrungen musste er aber davon ablassen, denn er merkte, dass er sein Handy zu Hause gelassen hatte. Außerdem, was würde geschehen, wenn er jetzt die Polizei informierte?

Müsste er dann nicht erklären, was er mitten in der Nacht in dieser Ruine zu suchen hatte?

Nicht nur der Polizei, sondern auch seiner Frau Martina gegenüber würde er in Erklärungsnot geraten. Wenn Udo noch weiter dachte, sah er wieder den Unbekannten mit der Maske vor sich, wie er eiskalt und ohne zu zögern den blonden Mann erschoss.

Was würde wohl geschehen, wenn in der Öffentlichkeit bekannt wurde, wer dieses alles beobachtet hatte. Würde dieser Killer nicht auch versuchen, ihn zu beseitigen, damit es keine Zeugen gibt?

Aber alles hin und her denken half jetzt nichts. Udo musste raus und sich alles aus der Nähe ansehen. Er rappelte sich auf und suchte mit Hilfe der Taschenlampe wieder einen Weg nach draußen.

Bevor er aber endgültig auf die Autos und die beiden Toten zuging, blieb er an der Ecke der Ruine stehen und machte die Taschenlampe aus. Vorsichtig spähte er um die Ecke und versuchte mit seinen Augen die Dunkelheit zu durchdringen, was natürlich ein vergebliches Unterfangen war. Udo nahm seinen ganzen Mut zusammen, machte die Lampe wieder an und ging langsam auf die beiden Toten zu.

Der Mann mit den dunklen Haaren, welcher zuerst sterben musste, lag auf dem Rücken. Blut tränkte den Boden unter und neben ihm. Die starren Augen blickten Udo direkt an.

Udo ging zwei Schritte weiter und leuchtete den anderen Mann an. Bei diesem Anblick schauderte er und bekam wieder einen Brechreiz, den er aber diesmal unmöglich in den Griff bekommen konnte. Er musste sich übergeben, und er konnte auch nichts daran ändern, dass sich alles über den Körper des Toten ergoss.

Auslöser dafür war der durch das Licht der Taschenlampe noch verstärkte, gruselige Anblick des Toten.

Der Schuss in den Kopf war ja schon schlimm genug, aber durch den folgenden Aufschlag auf die Kante des Kotflügels hatte sich die Schußöffnung noch erweitert und ein Stück vom Schädelknochen hing an einem Hautlappen lose herunter.

Nachdem Udo sich erbrochen hatte, wollte er nur noch weg.

Auf wackeligen Beinen, sich hundeelend fühlend und mit einem ekeligen Geschmack im Mund, machte er sich auf den Weg in Richtung Straße. Dort wandte er sich automatisch nach rechts, so als würde er nach Hause gehen.

Doch bereits nach wenigen Schritten blieb er stehen. Zu Hause? Wo war das? Gab es überhaupt noch ein zu Hause für ihn? Seine Frau würde ihm doch kein Wort glauben von dem, was er ihr dann erzählen müsste! Aber was blieb ihm dann noch übrig?

Wieder das Messer nehmen und die Klinge an der Pulsader ansetzen? Mit dem Gedanken konnte er sich, zumindest vorerst, nicht wirklich anfreunden. Vor dem Tod hatte er in den letzten Minuten sehr großen Respekt bekommen!

Während Udo unentschlossen dastand und von seinen Gefühlen hin und her gerissen war, sah er einen Lichtschein, welcher relativ schwach, aber doch deutlich zu sehen, einen Teil der scharfen Rechtskurve beleuchtete.

Udo sah sich schon gehetzt nach einer Möglichkeit um, damit er sich verstecken konnte, denn er wollte auf gar keinen Fall gesehen werden!

Doch bevor er weglaufen konnte, hörte er das Kreischen von Bremsen und direkt danach einen sehr lauten Krach. Udo blieb wie angewurzelt stehen und war sich sicher, dass er zumindest arkustisch Zeuge eines Autounfalls geworden war. Im ersten Moment war er sich nicht sicher, was er tun sollte.

Für heute waren schon zu viele Menschen in seiner Nähe gestorben, wenn er aber dahinten noch Leben retten konnte, hatte er keine Wahl. Er musste hin und helfen! Mit der Taschenlampe in der Hand lief er so schnell er konnte die Straße entlang.

Es gab da aber etwas, woran Udo in dieser Situation überhaupt nicht dachte: der vermummte Killer mit der Pistole und dem Koffer war ebenfalls in diese Richtung verschwunden!

Udo kam durch die scharfe Rechtskurve und blieb erst einmal überrascht stehen. Außer seinem schnellen Atem und dem rasenden Herzschlag hörte er nämlich auch noch Musik!

Auch wenn er das verunglückte Auto noch nicht sehen konnte, für ihn war absolut klar, dass es wirklich einen Unfall gegeben hatte.

Es waren nur noch wenige Meter, bis er vorfand, was er befürchtete: ein Auto, das in den Straßengraben gefahren war und sich dann in einen Baum gerammt hatte!

Es war ein ganz schlimmes Bild, denn der Wagen hatte sich erheblich verkleinert, so als wäre er von einer riesigen Faust einfach zusammen geschoben worden.

Udo ging im Schein seiner Taschenlampe auf das Auto zu.

Dabei musste er immer wieder Trümmerteilen ausweichen, um nicht zu stolpern. Als er dort angekommen war, wo einmal die Fahrertür gewesen sein musste, wurde ihm schon wieder schlecht: das, was da auf dem Fahrersitz saß, hatte kaum noch Ähnlichkeit mit einem Menschen!

Zwischen Hals und Brustansatz hatte sich ein armdicker Ast gebohrt, vorne rein und hinten, mit Haut und Fleischfetzen bedeckt, wieder raus. Das Gesicht, oder wenigstens das, was er noch erkennen konnte bzw. das, was noch da war, wurde scheinbar von Glassplittern als Zielscheibe benutzt.

Da gab es nichts zu helfen und soweit Udo in dem zerstörten Auto erkennen konnte, war auch keine weitere Person darin. Er war so geschockt von dem, was er dort sehen musste, dass ihm erst nach und nach bewusst wurde: hier stimmt etwas nicht!

Es dauerte aber noch einen Augenblick, bis er dahinter kam, was es war die Musik, welche immer noch spielte. Er wurde auf einmal hellwach, denn sie kam nicht aus diesem Auto!

Vorsichtig bewegte er sich um das Auto herum und versuchte im Lichtkegel, seiner leider zu kleinen Taschenlampe, festzustellen, woher die Musik kam.

Es war aber nichts zu sehen und so horchte Udo jetzt angestrengt in die Richtung, aus der die Musik zu hören war. Nach einigen Schritten war es soweit, er konnte die Umrisse eines zweiten Autos erkennen.

Es lag auf dem Dach und ein Rad drehte sich noch ganz langsam. Technisch eigentlich unmöglich, besonders wenn man dieses Wrack betrachtete. Eines zog Udo aber immer noch magisch an, die Klänge der Musik, welche immer noch spielte. Er ging weiter auf das Auto zu und holte ganz tief Luft.

So versuchte er sich auf das vorzubereiten, was er wahrscheinlich gleich zu sehen bekam. Er rechnete damit, dass zu dem einen Toten im ersten Auto noch mindestens ein weiterer kam, vielleicht sogar mehrere!

Als Udo direkt am Auto war, versuchte er ins Innere des Autos zu leuchten.

Aber er konnte nichts erkennen. Die Türen waren alle geschlossen und darum kniete er sich hin um den Innenraum besser auszuleuchten und überblicken zu können. Er leuchtete und suchte von vorne nach hinten und von hinten nach vorne, aber es war niemand im Auto zu sehen! Wie konnte das sein?

Ein Auto mit Totalschaden, alle Türen zu, aber niemand darin?

Während Udo grübelte, begann ihm das Gedudel der Musik langsam aber sicher auf die Nerven zu gehen.

Auf einmal musste er über sich selber den Kopf schütteln. *Du bist doch wirklich ein Idiot! Die Lösung ist doch ganz einfach, es war niemand in dem Auto. Selbsterkenntnis ist eben doch der erste Schritt zur Besserung*, so dachte er wenigstens in diesem Augenblick über sich.

Udo richtete sich wieder auf und war mit seinen Überlegungen da, wo er vorhin bei der Ruine auch gewesen war: hier Hilfe holen oder die Polizei informieren war überflüssig! Helfen konnte er sowieso nicht mehr und irgendjemand würde die Autos schon finden!

Um ganz sicher zu sein, ging er zusätzlich noch auf die andere Seite des Autos, aber er konnte nichts und niemanden entdecken.

Darum ging er schnell zurück zu dem anderen Auto, das heißt, er wollte schnell weg von diesem Ort des Todes, aber er stolperte und fiel der Länge nach hin. Fluchend kam Udo wieder hoch und ging die zwei Schritte zu der Taschenlampe, die er bei dem Sturz hatte fallen lassen.

Als er sich bückte um sie aufzuheben, konnte er etwas sehen, was ihm vorhin nicht aufgefallen war. Da die Taschenlampe durch den Sturz ungewollt in eine andere Richtung leuchtete, war ihm das, was nun durch die Lampe angeleuchtet wurde, vorhin entgangen.

Es war ein Koffer, und zwar der Koffer, welchen der vermummte Killer mitgenommen hatte!

Udo ging langsam und zögernd auf den Koffer zu. Doch plötzlich schoss ihm ein Gedanke durch den Kopf: wo der Koffer ist, da muss doch auch der Killer sein! Dem Drang, sich umzudrehen und wegzulaufen stand seine Neugierde gegenüber.

Er wollte endlich wissen, was in diesem Koffer war. Den inneren Kampf gewann die Neugierde und er machte noch einen weiteren Schritt auf den Koffer zu.

Als er hinter sich ein lautes Stöhnen hörte, blieb er wie festgewachsen stehen und rührte sich nicht mehr. Seine Nackenhaare schienen ein Eigenleben zu entwickeln und in Sekundenschnelle war er in Schweiß gebadet.

Wieder hörte er dieses, wie er es empfand, grausame Stöhnen. Es geschah aber nichts und trotzdem zögerte Udo sich umzudrehen. Wer schaut schon gern dem Tod in die Augen? Alles blieb ruhig, nichts passierte.

So langsam hoffte er, dass der Killer doch endlich abdrücken möge. Wie konnte ein Mensch nur so grausam sein und das hilflose Opfer noch endlos quälen? Und doch, in Udo kämpften zwei Gefühle miteinander.

Auf der einen Seite bat er seine Frau um Verzeihung für alles und wünschte sich nur einen schnellen Tod.

Auf der anderen stieg langsam aber sicher so etwas wie Wut auf diesen Killer in ihm auf. Das war natürlich etwas, was er nicht kannte und mit dem er nie gerechnet hätte.

Nach einer Zeit, die Udo endlos vorkam, fing er an sich ganz langsam umzudrehen, praktisch Zentimeter für Zentimeter.

Jeden Augenblick musste er damit rechnen dieses „Plopp" zu hören, welches seinem verpfuschten Leben ein Ende setzen würde! Nachdem er sich vollends umgedreht hatte, leuchtete er zögernd in die Richtung, aus der er das Stöhnen gehört hatte.

Jetzt stand er dem Killer von Angesicht zu Angesicht gegenüber bzw. Udo stand und der Killer kniete und versuchte sich zu erheben. Sein Gesicht war nicht mehr vermummt, aber Udo konnte dessen Gesicht trotzdem nicht erkennen, denn es war mit Blut verschmiert. Außerdem hielt dieser seine linke Hand vor die

Augen, weil er durch das Licht der Taschenlampe zumindest etwas geblendet wurde. In seiner rechten Hand hielt er eine Pistole, mit der er jetzt auf Udo zielte!

Dieser fing an zu zittern und starrte wie hypnotisiert und voller Angst auf die Pistole! Aber mit dem Zielen hatte der Killer seine Schwierigkeiten, denn er schwankte mit dem ganzen Oberkörper hin und her!

Doch der Killer konnte sich durch seine Verletzung nicht aufrecht halten und weder zielen noch einen Schuss abgeben, sondern er fiel einfach nach vorne und rührte sich nicht mehr!

Udo blieb dort stehen, wo er war und leuchtete die ganze Zeit auf den Mann, aber dieser rührte sich nicht mehr.

Vielleicht wäre ein anderer Mann jetzt hingegangen und hätte nachgesehen, ob der Killer noch lebte oder ihm zumindest die Pistole abgenommen, aber nicht Udo. Der drehte sich wieder um und ging so schnell wie möglich zu dem mysteriösen schwarzen Koffer.

Er nahm den immer noch blutbeschmierten Koffer in die Hand und stellte ihn vor sich hin. Udo musste jetzt einfach hineinsehen, er musste einfach!

Langsam und mit zitternden Händen öffnete er den Verschluss und klappte den Deckel nach hinten. Das, was er dort sah, war ein Anblick wie in einem Traum: der ganze Koffer war voll mit Euroscheinen! Alles Hunderter und Zweihunderter! Wie viele es waren, das konnte Udo überhaupt nicht abschätzen.

Dafür mussten also Menschen sterben! In seinem Kopf wirbelten so viele Gedanken durcheinander, dass er sie nicht ordnen konnte. Sein Herz begann zu rasen und in seinen Ohren schien er jeden Herzschlag zu hören. Mit Mühe brachte er es fertig, den Koffer wieder zu schließen.

Dabei beschmierte er sich auch noch mit Blut. Voller Ekel wischte er sich die Hand im feuchten Gras ab. Dann nahm er den Koffer in die Hand, indem er den Griff mit einem Taschentuch umwickelte und wollte nur noch ganz schnell weg.

Trotzdem leuchtete er noch einmal in die Richtung, wo der Killer lag. Durch Zufall streifte der Lichtstrahl seiner Taschenlampe noch einmal die Stelle, an welcher er gestürzt war. Dort sah er etwas liegen, dass er nicht identifizieren konnte.

Es kam ihm aber gleichwohl bekannt vor. Udo machte einige Schritte darauf zu und erkannte seine Brieftasche. Die musste bei seinem Sturz unbemerkt aus seiner Hosentasche gerutscht sein.

Die Erleichterung und Freude darüber, dass er durch Zufall seine Brieftasche gefunden hatte, war groß. Nicht auszudenken, was geschehen wäre, wenn jemand seine Brieftasche hier gefunden hätte!

Noch einmal leuchtete er mit seiner Taschenlampe in die Runde, sah die beiden Autos undeutlich in der Dunkelheit, da der Lichtschein der kleinen Lampe nicht so weit reichte. Den Killer sah Udo ziemlich deutlich auf dem Boden liegen.

Der lag zwar dort, wohin er gefallen war, aber mittlerweile mit einer deutlich anderen Körperhaltung als vor wenigen Augenblicken!

Er lebte also wirklich noch! Udo bekam schon wieder Panik, sah zu, dass er wieder auf die Straße kam und lief so schnell er konnte weg.

Schnell war denn auch ein großes Stichwort. Denn kaum war er durch die Kurve gelaufen, war er auch schon wieder aus der Puste und schnappte nach Luft. Der schwere Koffer trug noch seinen Teil dazu bei.

Da kam ihm ein verwegener Gedanke, als er an die beiden Autos dachte.

Um möglichst schnell aus dieser gefährlichen Gegend zu verschwinden, warum sollte er sich nicht dafür eines der Autos bedienen?

Er bog auf den Weg ein, welcher zu der Ruine und somit auch zu den Autos führte.

Je näher er dem Ort kam, an dem zwei Menschen sterben mussten, umso zögerlicher wurden seine Schritte.

Dann stand Udo vor dem für ihn ersten Auto und er bemühte sich nicht auf die beiden Toten zu sehen. Er öffnete die Fahrertür, beugte sich hinein und stellte den Koffer auf den Beifahrersitz.

Wie erwartet steckte der Schlüssel und Udo setzte sich ins Auto und startete.

Er fühlte sich nicht gerade wohl in seiner Haut und mit zitternden Händen, hin und her hetzenden Blicken versuchte er sich in diesem großen BMW zu Recht zu finden.

Die Sekunden kamen ihm wie Stunden vor, bis es ihm endlich gelang, den Wagen zum Rückwärtsfahren zu bewegen.

Als er dann auf die Straße kam, gab er Gas und fühlte sich das erste Mal seit den Vorkommnissen an der Ruine wieder sicher.
Udo fuhr so schnell wie möglich nach Hause. Ihn beherrschten jetzt nur zwei Gedanken: die Angst doch noch verfolgt, entdeckt und auch

ermordet zu werden, aber je mehr er sich vom Tatort entfernte, umso geringer wurde diese Angst.

Der andere drehte sich nur um dieses viele Geld, welches sich in dem Koffer stapelte.

Er wollte seiner Martina alles erzählen, ihr vorsichtig beibringen, was er in dieser Nacht erlebt hatte. Zusammen mit ihr wollte er auch das Geld zählen.

Udo bemerkte wirklich nicht, auf welcher Schiene er sich bewegte. Er hatte weder Polizei noch Krankenwagen benachrichtigt und würde das auch nicht tun. Er hatte dieses Blutgeld an sich genommen und betrachtete es jetzt als sein eigenes, als etwas, das sein Leben wieder in die richtigen Bahnen lenken würde.

Er setzte voraus, dass seine Frau so dachte wie er selber und mit seinem Handeln einverstanden war. All das war für ihn auf einmal selbstverständlich und normal.

Mit dem Auto dauerte es nur wenige Minuten, bis er das Haus erreichte, in dem er mit seiner Frau wohnte.

Bevor Udo ausstieg, blieb er noch einen Augenblick in dem Auto sitzen und legte sich einige Worte und Sätze zurecht, mit denen er seine Frau Martina von den Ereignissen dieser Nacht berichten konnte.

Udo hatte am Straßenrand geparkt, stieg aus, nahm den Koffer und gab sich alle Mühe auf dem Weg zum Haus die dunkelsten Stellen aus Sicherheit zu wählen.

Als er vor der Haustür stand und den Schlüssel ins Schloss steckte, drehte er diesen ganz langsam um und auch die Tür machte er im Zeitlupentempo auf.

Den Weg zu seiner Wohnung legte er extra auf Zehenspitzen zurück, denn keiner seiner „lieben" Nachbarn sollte ihn mit dem Koffer in der Hand in seine Wohnung gehen sehen.

Auch bei seiner Wohnungstür drehte er den Schlüssel langsam und vorsichtig um, damit seine Martina nicht unvermutet durch ihn wach wurde (schon seltsam, dass es jetzt wieder „seine" Martina war).

Als Udo die Wohnung betrat, war das Licht im Flur an. Er schloss die Tür leise hinter sich, stellte den Koffer ab und ging zum Schlafzimmer.

Er öffnete ganz vorsichtig und leise die Schlafzimmertür und wollte seine Frau wecken, aber da war niemand, den er wecken konnte!

Er ging in alle anderen Zimmer, doch Martina war nicht da. Die wohl richtige Idee kam ihm, als er feststellte, dass Jacke und Schuhe fehlten.

Naja, dann ist unser Streit wohl auch nicht spurlos an ihr vorübergegangen. Sie konnte bestimmt nicht schlafen und wollte trotz dieser späten Zeit frische Luft schnappen.

Wenn er noch weiter geforscht hätte, würde er bemerkt haben, dass auch ihr gemeinsames Auto nicht auf dem Stellplatz stand, sondern vor der Wohnung des „lieben" Kollegen Stefan!

So dachte Udo weiter nichts Böses, sondern ging ins Badezimmer, um sich zu waschen, die Zähne zu putzen und sich mit sauberen Sachen neu einzukleiden. Mit Schrecken hatte er nämlich festgestellt, das an seiner Kleidung nicht nur Schmutz, sondern auch Blut zu sehen war, ohne das er eine Erklärung dafür hatte.

Doch auch dafür gab es eine Lösung, es musste von dem blutverschmierten Koffer kommen. Damit so etwas nicht noch einmal geschehen konnte, ging er wieder in das Schlafzimmer zurück und nahm dort aus dem Schrank eine blaue Sporttasche.

Mit dieser ging er zu dem Koffer auf dem Flur, öffnete diesen, nahm die vielen Geldscheinbündel nacheinander heraus und legte sie mit zitternden Händen in die Sporttasche. Als er die vielen Geldbündel sah und diese nach und nach in die Hand nahm, wurde ihm abwechselnd heiß und kalt.

Udo hatte dabei das Gefühl, dass ihm mit diesem Geld nichts mehr geschehen konnte, ja das es ihn regelrecht beschützen würde.

Bis jetzt hatte er mitgezählt und er war schon bei mehr als einer Millionen Euro angekommen!

Es dauerte ihm aber zu lange um alles zu zählen, darum nahm er den Koffer und schüttete den Rest des Geldes einfach so in die Tasche. Da ihm nichts Besseres einfiel, stellte er den Koffer hinter die Tür des Badezimmers.

Als Udo den restlichen Inhalt des Koffers einfach in die Sporttasche geschüttet hatte, war ihm aber etwas entgangen.

Ein kleiner blauer Gegenstand, der aussah wie ein USB- Stick, war aus dem Koffer in das Innenfach seiner Sporttasche gefallen, ohne dass er es bemerkte.

Udo konnte und wollte nicht darauf warten, dass seine Frau Martina wieder nach Hause kam. Darum tat er etwas, was ein logisch denkender Mensch wohl nicht getan hätte: er nahm die Tasche mit dem Geld, schlich sich wieder ganz leise durch das Haus.

Er stieg ganz automatisch in dem von ihm „erbeuteten" blauen BMW. Er musste Martina so schnell wie möglich erzählen und auch zeigen, was er erlebt und gefunden hatte.

So setzte er sich ins Auto und fuhr ganz langsam zunächst die nähere Umgebung ab. Als er die gleiche Strecke dreimal abgefahren hatte, war er sich sicher, dass seine Frau in eine andere Richtung gegangen war. Darum erweiterte er seinen Radius auch in eine andere Richtung.

Dabei merkte Udo, dass er noch eine Tankstelle aufsuchen musste, wenn er nicht zu Fuß nach Hause gehen wollte. Der Weg zu einer Tanke, die auch in der Nacht aufhatte, war glücklicherweise nicht allzu weit.

Zuerst war er sauer, dass er noch diesen zusätzlichen Weg machen musste, aber dann dachte er: *Das macht doch nichts! Ich habe genug Geld und kann auch noch eine Flasche Sekt mitbringen! Damit können Martina und ich dann auf eine bessere Zukunft anstoßen!*

Gesagt, getan. Udo fuhr mit diesen, für ihn positiven Gedanken, nun tanken und bezahlte achtzig Euro plus die Flasche Sekt. Er gab dem Kassierer hundert Euro und wollte kein Wechselgeld zurück. Es war schon ein gutes Gefühl, wenn man nicht auf jeden Euro achten musste! Mit einem Lächeln auf den Lippen setzte er sich ins Auto und entschloss sich wieder nach Hause zu fahren. Seine Frau würde sicher schon auf ihn warten!

Es waren nur wenige Minuten, die Udo bis zu seiner Wohnung brauchte. Doch schon von weitem sah er, dass dort etwas nicht in Ordnung war.

Vor dem Haus, in dem er wohnte, war alles hell erleuchtet. In dem Haus und in den Häusern ringsherum schienen alle Bewohner wach zu sein, denn sämtliche Fenster waren erleuchtet. Dann auch das noch: Vor seinem Haus schien sich die ganze Polizei und Feuerwehr der Stadt versammelt zu haben!

Udo fuhr der Schreck in alle Glieder und er machte ganz unbewusst eine Vollbremsung. Was hatte das zu bedeuten? Warum diese Menschansammlung vor dem Haus, in dem er wohnte?

Diese Frage konnte er sich aber selbst beantworten, natürlich waren sie wegen ihm da, vor allem die Polizei. Irgendwie mussten sie herausgefunden haben, was er mit den ganzen Ereignissen zu tun hatte!

Doch was sollte er tun? Wie konnte er herausfinden, was die Polizei wusste und was seine Frau ihnen erzählt hatte?

Wurde er wirklich von der Polizei gesucht? Oder ging es gar nicht um ihn und der ganze Aufwand galt etwas anderem? Viele Fragen und keine Antworten!

Udo musste unbedingt wissen, was da vor sich ging, auch wenn er noch so viel Angst hatte. Darum überlegte er, wie er unbemerkt zu seinem Haus kommen konnte.

Er hatte den großen Vorteil, dass ihm diese Wohnsiedlung natürlich bestens bekannt war. In einer Seitenstraße stellte er das Auto ab. Er zögerte noch einen Moment, bevor er ausstieg, denn ihm war natürlich nicht wohl in seiner Haut. Zu seinem Glück hatte er sich ganz in Schwarz gekleidet, als er sich zu Hause umgezogen hatte. Zusätzlich hatte er auf der Rückbank des Autos vorhin an der Tankstelle auch noch ein schwarzes Cape entdeckt, welches er jetzt aufsetze.

Als Udo die Tür öffnete und ausstieg, bekam er auf einmal so weiche Knie, dass er sich gleich wieder setzte, mehrmals tief Luft holte und es erst im zweiten Anlauf schaffte aufzustehen und die Autotür hinter sich zu schließen.

Um zu seiner Wohnung zu kommen, tat er das, was er heute Nacht schon mehrmals getan hatte, er bewegte sich vorsichtig und blieb immer da, wo es am dunkelsten war. Dabei gab er sich Mühe auch noch leise zu sein.

Darum pirschte er sich so gut er konnte auf Schleichwegen an sein Haus heran.

Je näher er seiner Wohnung kam, umso mulmiger wurde es ihm. Mehrmals blieb er stehen und versuchte jedes Mal, sich die Mütze noch tiefer ins Gesicht zu ziehen, was natürlich sinnlos war.

Dann war er soweit, dass er die Menschenmenge erreichte, welche sich hinter der Polizeiabsperrung versammelt hatte.

Obwohl es mitten in der Nacht war, hätte man bei den vielen Menschen meinen können, alle hätten nur auf dieses Ereignis und auf diesen Zeitpunkt gewartet.

Vier Polizeiwagen, ein Zivilfahrzeug und zwei Krankenwagen standen mit rotierendem Blaulicht innerhalb der Absperrung, welche um das ganze Haus, also vom Eingang bis zu den Stellplätzen der Autos, reichte.

Polizisten sicherten den Bereich, damit niemand unerwünscht hinein gelangen konnte. Udo hatte also keine Möglichkeit, unbemerkt ins Haus zu seiner Frau zu gelangen. Er musste eben Geduld aufbringen und warten.

In der Einfahrt zu den Stellplätzen tat sich jetzt etwas. Udo stand in der Nähe der letzten Neugierigen und hielt sich natürlich möglichst im Dunkeln auf. Bei den Stellplätzen forderten die Polizisten einige Neugierige auf, Platz zu machen für ein Fahrzeug.

Dieses wurde nun auch in den Innenbereich der Absperrung gelassen. Das Auto war ein Leichenwagen!

Der Wagen hielt an und zwei Männer stiegen aus. Sie gingen nach hinten, öffneten die rückwärtige Klappe des Autos und nahmen einen Sarg heraus, mit dem sie dann ins Haus gingen.

Den anwesenden Menschen verschlug es für einen Moment die Sprache und alle waren entsetzt bzw. ergriffen.

Die beiden Männer waren sich aller Aufmerksamkeit sicher, bis sie in dem Hauseingang verschwunden waren. Auch Udo lief es eiskalt den Rücken hinunter.

Als sich dann die Beklemmung unter den Neugierigen gelegt hatte, bekam er ein Gespräch zwischen Frau Eichmann und Frau Berger mit. Beide wohnten bei ihm im Haus.

„Ich hätte nie gedacht, so etwas einmal erleben zu müssen", meinte Frau Eichmann.

„Ja, das geht mir genauso", hörte er Frau Berger sagen. „Dabei war es doch eigentlich so ein nettes Ehepaar." Eigentlich, das war schon eine negative Einschränkung. „Ich bin schon von der Polizei vernommen worden, da ich ja genau gegenüber wohne. Ich habe doch alles mitbekommen, es war ja wirklich laut genug.

Das heißt, Martina war so laut, dass es eigentlich jeder hätte hören müssen! Udo war kaum zu hören und wenn ich ihn verstehen konnte, war er mehr am Jammern als vernünftig am Reden", meinte sie verächtlich.

„Ja, dass die arme Martina so hatte enden müssen, schrecklich! Ich hätte nie gedacht, dass ihr Mann zu so etwas fähig ist!" Frau Eichmanns Stimme wurde immer leiser.

Frau Berger meinte ebenfalls mit leiser Stimme: „Als ich auf dem Hausflur stand, weil ich unbedingt nach draußen wollte, öffnete einer der Polizisten die Wohnungstür gegenüber. Ich konnte Martina auf dem Flur liegen sehen. Es war entsetzlich!"

Frau Berger schüttelte in Gedanken daran den Kopf.

„In ihrem Mund hatte sie etwas, das wie ein Knebel aussah und sie war halbnackt. Die Hände waren wohl gefesselt. Der ganze Körper und der Fußboden waren voller Blut. Mir wurde richtig schlecht und ich war froh, dass ich ganz schnell nach draußen gehen konnte!"

Mittlerweile hatten die beiden Frauen auch die ganze Aufmerksamkeit von einigen anderen Personen, welche neben ihnen standen. Die Frauen genossen es, dass andere förmlich an ihren Lippen klebten!

„So ein Gewaltverbrechen hier bei uns in der Siedlung, dass hätte wohl keiner für möglich gehalten! Aber das Ganze entdeckt haben doch wohl die Brühlers, nicht wahr?"

„Ja, das stimmt", antwortete Frau Berger. „Die Brühlers kamen erst spät von einer Geburtstagsfeier nach Hause. Im Treppenhaus kam Herr Brühler, der wohl ziemlich tief ins Glas gesehen hatte, ins Stolpern und konnte auch von seiner Frau nicht mehr gehalten werden. Er fiel gegen die Wohnungstür der armen Martina. Die Tür war wohl nicht richtig oder gar nicht geschlossen, so dass er auf dem Hosenboden landete, direkt in Martinas Blut. Frau Brühler wurde bei dem Anblick ohnmächtig und verletzte sich, als sie stürzte. Ihr Mann wurde wohl schlagartig wieder nüchtern und alarmierte die Polizei. Ich weiß das alles von der Frau Brühler, die im Krankenwagen behandelt wurde. Ihre Aussage der Polizei gegenüber machte sie erst nach der Behandlung!"

Frau Berger war sichtlich stolz darauf, dass sie mehr wusste als die anderen.

„Sie sind sich also sicher, dass es ihr Mann Udo war, der dieses Verbrechen begangen hat?" fragte Frau Eichmann noch. „Ja, wer sollte es sonst gewesen sein?

Ich habe doch der Polizei von dem unüberhörbaren Streit erzählt und das haben die Brühlers auch getan. Zusätzlich habe ich zufällig gehört, dass die Polizei Martinas Mann Udo als vorläufigen Tatverdächtigen sucht."

Für Frau Berger schien es keinen Zweifel zu geben, der Mörder von Martina war ihr eigener Mann!

Dass dieser vermutliche Mörder nur wenige Schritte hinter ihr stand, bekam sie glücklicherweise nicht mit und dass der wirkliche Mörder alles aus sicherer Entfernung mit einem Nachtsichtgerät beobachtete, auch nicht!

Udo stand, vermeintlich sicher, nur wenige Meter hinter den anderen in der schützenden Dunkelheit und presste sich die geballte Faust vor den Mund, um nicht zu schreien, während die Tränen sein Gesicht hinunter liefen.

Er war einfach fassungslos und konnte das alles nicht verstehen. Seine Martina tot und er ihr Mörder? Unfassbar!

Seine Beine waren schwer wie Blei und hinderten ihn daran, sich zu bewegen. Auch als die Haustür wieder aufging und die beiden Männer mit dem Sarg, in dem seine Martina lag, zu ihrem noch offenen Auto gingen, blieb Udo bewegungslos stehen.

Seine Augen verfolgten jeden Schritt der beiden und nicht nur seine!

Die umstehenden Menschen ließen sich auch keine Sekunde dieses Dramas entgehen. Einige bekreuzigten sich und andere weinten.

Udo hätte nun jede Möglichkeit gehabt alles aufzuklären. Mit etwas Mut und einigen Schritten hätte er nur zur Polizei gehen brauchen und es wäre vieles anders gelaufen. Doch es war typisch für seinen psychischen Zustand, dass er keine realen und logischen Schlussfolgerungen ziehen konnte.

Auf der einen Seite weinte er wahre Krokodilstränen um seine Frau Martina und gab sich die Schuld an ihrem Tod. Auf der anderen Seite dachte er nur an sich und daran, was er nun machen sollte und dass er hier weg musste, ohne dass ihn jemand bemerkte oder gar erkannte. Daran, dass er sich noch verdächtiger machte, dachte er nicht!

Die Absperrung wurde nun an der gleichen Stelle wie vorhin aufgehoben und der Leichenwagen fuhr wieder weg, verfolgt durch die Blicke aller Anwesenden.

Durch die Aufforderung der Polizisten begann sich nun die Menschenmenge langsam aufzulösen. Das war natürlich etwas, womit Udo nicht gerechnet hatte.

Er musste nun versuchen, so unauffällig zu verschwinden wie er gekommen war, darum machte er sich auf dem gleichen Weg aus dem Staub und schlich zurück zu seinem Auto in dem immer noch die Tasche mit dem Geld auf ihn wartete. Er brauchte dafür nur zwei Minuten.

Auch wenn es nur ungefähr hundert Meter waren, die er zurück gelegt hatte, war er völlig außer Atem und total durchgeschwitzt. Die Angst setzte ihm derart zu, dass er kaum noch einen klaren Gedanken fassen konnte.

Udo steckte mit zittrigen Händen den Schlüssel in das Zündschloss und startete den Wagen, nachdem er ihn drei Mal abgewürgt hatte. Er wendete und fuhr den gleichen Weg wieder zurück, den er gekommen war. Das er langsam und vorsichtig fuhr, lag nicht nur daran, dass er nicht doch noch zufällig von der Polizei entdeckt werden wollte, sondern es lag auch daran, dass ihm immer noch die Tränen aus den Augen liefen.

Ein anderer Mann hatte es dagegen viel eiliger! Dieser Mann war der wirkliche Mörder von Udos Frau Martina. Er hatte die ganze Zeit das Haus beobachtet, aber Udo erst entdeckt, als dieser sich von der Menschenmenge absonderte und zum Auto ging.

Dieser Mann war es, welcher vor Udos Augen einen anderen Mann eiskalt erschossen hatte.

Dieser Mann, der schon auf Udo zielte, aber nicht abdrücken konnte, weil er angeschlagen war und die Pistole durch den Unfall gelitten hatte und nicht mehr funktionierte.

Dieser Mann war es, der sich an Udos Fersen heftete, um ihm das Geld wieder abzunehmen und den Tod zu bringen!

Kurze Zeit nachdem Udo mit dem Geld verschwunden war, ging es dem verletzten Killer schon wieder so gut, dass er kräftig fluchen konnte, weil ihm so viel Missgeschick wiederfahren war.

Mit seiner linken Hand fasste er in die Tasche an seinem Hosenbein und holte eine Taschenlampe und ein Tuch heraus.

Weil er sich mit diesem Tuch sein blutverschmiertes Gesicht wenigstens etwas abwischen wollte, schmiss er seine nutzlose Pistole auf die Erde.

Nachdem er sich notdürftig mit dem Tuch und viel Spucke von dem verkrusteten Blut gereinigt hatte, drehte er sich um und wollte zu seinem Auto gehen.

Doch er blieb gleich wieder stehen, denn seine Pistole, auch wenn sie unbrauchbar war, durfte hier nicht liegen bleiben. Letztendlich war es aber egal, denn wenn er das Geld nicht bei seinem Auftraggeber abgeben konnte, war er so gut wie tot.

Dennoch machte der Killer sich auf die Suche nach seiner Pistole. Aber das, was er dann als Erstes fand, war etwas Besonderes, nicht ein Geschenk des Himmels, sondern in seinem Fall ein Geschenk des Höllenfürsten. Er fand den Organspenderausweis von Udo, versehen mit Name, Bild und Adresse! Als dieser den Inhalt seiner Brieftasche wieder einsammelte, musste er den Ausweis übersehen haben!

Für den Killer war es ein Wink des Schicksals. Er hatte jetzt die Chance das ganze Geld wieder zu beschaffen. Mit Hilfe der Taschenlampe fand er auch seine Pistole wieder und steckte sie ein.

Dann ging er zu seinem Auto und konnte mit viel Glück aus dem demolierten Wagen seine von ihm so bezeichnete „Notfalltasche" bergen, in dem auch ein Nachtsichtgerät war.

Der Killer warf sich zwei von den Schmerztabletten ein, die er in der Tasche immer bei sich hatte.

Danach hatte er den gleichen Gedanken wie Udo vor ihm, er ging zu der Ruine, weil er wusste, dass er dort einen fahrbaren Untersatz finden würde.

Als er zu der Ruine kam und nur ein Auto dort stand, war ihm sofort klar, dass es nur seine neue Zielperson gewesen sein konnte, welche nun mit dem anderen Wagen unterwegs war.

Für ihn war Udo nun sein nächstes Opfer, denn er musste und würde ihm das Geld wieder abnehmen, egal wie!

Sein Auftraggeber wäre bestimmt nicht begeistert über das, was hier geschehen war. Wenn er nicht an das Geld rankam, dann konnte er gleich einen Strick nehmen und sich aufhängen!

Mit diesen Gedanken setzte sich der Killer in das Auto, in dem der Schlüssel steckte und fuhr rückwärts zur Straße. Dass ihm dabei ein Hindernis im Weg lag, war ihm egal.

Dieses Hindernis war der Mann, welchen der Killer erschossen hatte. Er fuhr ihm, wenn auch nicht absichtlich, über den Kopf und stampfte diesen als Brei in den Boden.

Als er in der Nähe von Udos Wohnung angekommen war, ließ er sein Auto ebenfalls in einer Seitenstraße stehen und schlich dann vorsichtig zu der bekannten Adresse.

Für einen Mann mit seinen „Qualitäten" war es kein Problem die Haustür zu öffnen. Leise und nur mit Hilfe der Taschenlampe leuchtete er auf die Namensschilder an den ersten beiden Wohnungstüren. Doch Udos Name war nicht zu sehen. Also ging der Killer eine Etage höher und wurde fündig.

Vor Udos Wohnungstür blieb er eine Weile stehen und horchte, aber es war nichts zu hören. Der nächste Schritt war schnell getan, er brauchte nur 30 Sekunden, um die Wohnungstür zu öffnen, hinein zu huschen und die Tür leise wieder zu schließen.

Währenddessen griff er mit der rechten Hand in seine Hosentasche und holte ein Messer hervor, welches er mit einem Knopfdruck aufspringen ließ. Sichtbar wurde eine ca. 15cm lange, schmale Klinge. Der Mann war überrascht, dass auf dem Flur noch Licht brannte, aber das störte ihn nicht.

Der Killer blieb mit dem Messer in der Hand an der Tür stehen, nach allen Seiten sichernd und kampfbereit wie ein wildes Tier. Er konnte beruhigt sein, denn es rührte sich nichts.

Von dem Flur gingen rechts und links jeweils zwei Türen ab. Drei davon standen offen und nur die vierte war zu. Langsam und fast unhörbar schlich der Killer weiter.

Die erste Tür führte in die Küche und die zweite in das Badezimmer, wo Udos schmutzige Wäsche mitten im Weg lag. Die dritte führte ins Wohnzimmer. Nirgendwo war jemand zu sehen oder zu hören.

Wenn es überhaupt noch möglich war, baute der Mann noch mehr Konzentration und Körperspannung auf. Er holte einmal tief Luft, machte am Lichtschalter neben der Tür das Licht im Flur aus und wartete darauf, dass sich seine Augen an die Dunkelheit gewöhnten.

Ganz langsam, Zentimeter um Zentimeter, drückte er nun die Türklinke nieder. Die Tür ließ sich leicht und geräuschlos öffnen. Er machte sie nur soweit auf wie nötig und huschte schnell ins Zimmer, ohne die Tür hinter sich zu schließen.

Sein Blick saugte sich praktisch am Ehebett fest, aber es war leer! Somit war dem Killer klar, dass bis jetzt alles umsonst gewesen war.

Er machte das Licht im Schlafzimmer an und ging zum Bett. Die eine Seite war unberührt und die andere benutzt. Als er diese befühlte, war keine Körperwärme zu merken. Zumindest wusste er nun, dass schon seit einiger Zeit niemand mehr darin gelegen hatte.

Wütend und enttäuscht ging er zurück auf den Flur, machte dort das Licht wieder an und versuchte die Gedanken in seinem Kopf zu ordnen, um seine nächsten Schritte zu überlegen.

Dazu ging er langsam auf dem Flur hin und her. Als er zum zweiten Mal an der geöffneten Badezimmertür vorbei kam, blieb sein Blick an der schmutzigen Wäsche hängen. Er ging hin, nahm die Jacke und die Hose in die Hand und betrachtete sie eingehend.

Sie waren verschmutzt und stellenweise gab es auch Blutflecken zu sehen!

Udo war also hier gewesen und hatte sich umgezogen! Als der Killer sich umdrehte, um das Bad zu verlassen, sah er hinter der Tür den Koffer stehen. Er traute seinen Augen nicht, es war wirklich sein Koffer. Innerhalb von Sekunden hatte er ihn erreicht und geöffnet, aber er war leer.

Auch als er ihn auf den Kopf stellte und schüttelte, fiel nichts heraus. So seltsam es klingen musste, das freute ihn sogar und zauberte auch noch fieses Grinsen in sein hässliches Gesicht.

Doch das änderte nichts daran, dass er immer noch nicht das Geld in seinen Händen hatte. Wo war Udo und wo war seine Frau? Waren beide zusammen unterwegs oder jeder für sich? Was sollte er tun, hier in der Wohnung warten, bis Udo und seine Frau vielleicht wiederkamen?

Die Betonung lag auf „vielleicht", denn es war doch unlogisch, dass zwei Menschen mitten in der Nacht mit einem Haufen Geld verschwanden und dann irgendwann damit wieder fröhlich in der Tür stehen würden.

Für den Killer gab es deswegen nur zwei Schlussfolgerungen: mit etwas Glück, würden die beiden noch vor dem Morgengrauen, bevor das ganze Haus aufwachte, wieder hier sein.

Dann hatten sie ein gutes Versteck für das Geld gefunden. Die andere Möglichkeit war, dass die beiden wirklich auf und davon waren.

Er konnte hier nicht ewig warten und musste, wenn auch sehr ungern, seinen Auftraggeber anrufen. Der Mann holte sein Handy aus einer Tasche seiner Jacke und wählte eine Nummer. Doch es rührte sich nichts. Sein Handy hatte bei dem Unfall wohl Schaden genommen.

Der Killer hätte vor Wut beinahe laut geschrien, konnte sich aber gerade noch beherrschen.

Hier in der Wohnung vom Festnetz telefonieren war nicht sinnvoll, denn das könnte die Polizei später zurück verfolgen. Also musste er wieder zu der Ruine, denn er war sich sicher, dass die beiden Toten Handys bei sich hatten.

Doch der Killer kam nicht mehr dazu, die Wohnung zu verlassen.

In diesem Moment hörte er, wie ein Schlüssel in das Schloss der Wohnungstür gesteckt wurde.

Blitzschnell und mit zwei großen Schritten stand er hinter der Tür, das Messer stoßbereit in der Hand. Die Tür wurde geöffnet und Martina kam herein.

Sie warf ihre Jacke, welche sie in der Hand hielt, einfach in Richtung Garderobe und wollte die Tür hinter sich schließen, doch dazu kam sie nicht mehr.

Der Killer sprang hinter Martina, umfasste mit einem Arm ihren Oberkörper, schloss die Tür möglichst leise mit dem Fuß und hielt ihr die mit dem Messer bewaffnete Hand vor die Augen.

„Wenn du schreist bist du tot! Hast du verstanden?" Die Stimme des Mannes war leise und doch furchteinflößend an Martinas rechtem Ohr. Doch diese war starr vor Angst und brachte keinen Ton heraus.

„Hast du verstanden?" kam die Frage des Killers noch einmal, aber diesmal etwas lauter und die Klinge des Messers kam dabei vor Martinas Kehle zum Stehen.

Diese wagte nicht den Kopf zu bewegen. Sie gab deshalb nur ein kaum hörbares „Ja" von sich.

„Leg dich auf den Boden. Das Gesicht nach unten und die Hände auf den Rücken!" kam die nächste Anweisung von dem Killer.

Bei Martina brachen alle Dämme. Sie fing an zu weinen und stammelte: „Bitte, bitte, tun Sie mir nichts! Ich mache alles, was Sie wollen, aber tun Sie mir nichts!

Ich habe kein Geld und nur etwas Schmuck. Den können Sie haben, aber bitte tun Sie mir nichts!"

„Halt endlich die Klappe und runter mit dir!" fauchte der Mann wütend. Martina ging auf die Knie, um sich dann hinzulegen.

Dabei spürte sie immer sein Messer, nicht mehr an der Kehle, sondern im Rücken. Als sie lag, spürte Martina sein Knie auf dem Gesäß und ihre Arme wurden brutal nach hinten gerissen.

Der Mann holte aus den unergründlichen Tiefen seiner verschiedenen Hosentaschen einen Kabelbinder hervor und band Martina die Hände zusammen. Dann schnitt er einen Fetzen aus ihrem Hemd und stopfte diesen als Knebel in ihren Mund.

Danach drehte er Martina auf den Rücken und kniete sich neben sie.

„Du brauchst mir jetzt nur zu sagen, wo das Geld ist und schon bist du mich für immer los", sprach er zu ihr.

Dabei hatte er nicht vor, sie am Leben zu lassen. „Hat dein Mann noch das Geld bei sich oder habt ihr es versteckt? Ich nehme dir jetzt den Knebel aus dem Mund, aber wenn du laut wirst oder sogar versuchst zu schreien, bist du tot!"

Mit der linken Hand nahm er Martina den Knebel aus dem Mund und mit der rechten hielt er ihr das Messer an die Kehle, und zwar so dicht, dass die Klinge schon in die Haut schnitt und ihr das Blut den Hals herunter lief.

Martina sah ihn mit ihren großen, verweinten Augen ungläubig an: „Was für Geld? Ich weiß von keinem Geld", flüsterte sie voller Angst. Der Killer holte mit der freien linken Hand aus und schlug ihr rechts und links ins Gesicht.

„Hör auf zu lügen", sagte er. „Ich weiß, dass ihr das Geld habt. Also, wo ist es?" Er nahm ihr den Knebel nur soweit aus dem Mund, dass sie gerade so eben sprechen konnte. „Ich weiß von keinem Geld", kam es leise und kaum verständlich noch einmal aus Martinas Mund.

Jetzt presste ihr der Killer noch eine Hand fest auf den Mund, schlug mit der anderen zu und brach ihr das Nasenbein.

Martinas Schmerzensschreie wurden mit seiner Hand erstickt. Bevor er seine Hand wegzog, setzte er Martina wieder die Klinge an die Kehle, nur diesmal noch kräftiger als vorher.

Sie sagte leise schluchzend und kaum verständlich: „Ich weiß von keinem Geld! Bitte glauben Sie mir doch endlich!"

Der Mann presste ihr wieder den Knebel in den Mund und setzte sich im Reitersitz auf ihren Bauch. Martina fing an zu schnaufen, denn dadurch bekam sie schwerer Luft.

Der Killer riss ihr Hemd vor der Brust auseinander und schnitt ihren schwarzen BH mit dem Messer in zwei Teile.

Ihre großen Brüste lagen nun frei und offen vor ihm.

Dem Mann kamen bei diesem Anblick Gedanken, was er mit diesen Brüsten und dieser wehrlosen Frau überhaupt alles machen könnte. Doch den Gedanken verwarf er gleich wieder, denn dafür war keine Zeit.

„Sieh mal an, " sagte er. „Die ganze Molkerei übersät mit Knutschflecken. Wohl zuletzt viel Spaß gehabt? Was hältst du dann davon?"

Mit diesen Worten fing er an mit der freien Hand, mit der anderen hielt er ihr immer noch das Messer an die Kehle, Martinas Busen zu kneten.

Diese schloss jetzt ganz fest ihre Augen, um nicht mit ansehen zu müssen, was gleich ihrer Meinung nach geschehen würde, zumal der Mann sich nur noch mit ihren Brustwarzen beschäftigte.

Doch der Killer hatte etwas ganz anderes im Sinn!

Die freie Hand presste er wieder fest auf Martinas Mund und mit der anderen schnitt er ihr die linke Brustwarze ab!

Der entsetzliche Schrei wurde durch den Knebel und die Hand abgefangen. Martina bäumte sich auf und versuchte den Killer abzuwerfen, natürlich gelang das nicht.

„Wo ist das Geld?" wollte er noch einmal wissen. Er blieb auf ihr sitzen, auch wenn Martinas Blut ihn beschmutzte. Die schüttelte heftig den Kopf und versuchte weiter ohne Erfolg ihn abzuwerfen.

Durch den Tränenschleier vor ihren Augen konnte sie nicht sehen, dass der Mann eine kurze Bewegung ausführte, er schnitt ihr die zweite Brustwarze ab!

Der fürchterliche Schmerz raubte ihr fast das Bewusstsein.

„Sagst du es mir immer noch nicht?" fragte der Killer sie wieder.

Martina schüttelte wie wild den Kopf. *Was soll ich dir denn sagen? Frag doch meinen verfluchten Mann, dem ich dieses hier wohl alles zu verdanken habe.* Das hätte sie ihrem Peiniger am liebsten ins Gesicht geschrien, wenn sie es gekonnt hätte.

Es sollten die letzten Gedanken Martinas gewesen sein!

Der Killer war sich nun sicher, dass Martina wirklich von dem Geld nichts wusste! Sie hätte ihm jetzt alles gesagt.

Der Killer setzte das Messer noch einmal an und schnitt ihr die Kehle durch. Es machte ihm nichts aus, dass ihr Blut nach allen Seiten spritzte und sie sich dabei im Todeskampf wälzte, nachdem er sich erhoben hatte.

Im Gegenteil, er machte sich nun in aller Ruhe daran, Martinas Handtasche und Jacke nach Hinweisen zu durchsuchen, um vielleicht etwas über den Verbleib von Udo zu erfahren.

Er fand aber nichts, außer einem Handy. Das erinnerte ihn wieder daran, dass er noch seinen Auftraggeber informieren musste. Doch das wollte er nicht in dieser Wohnung tun.

Mit einem letzten Blick auf die mittlerweile leblose Martina verließ er mit ihrem Handy Wohnung und Haus auf dem gleichen Weg, den er zuvor genommen hatte. Erst dann fiel ihm ein, dass er vergessen hatte Handschuhe anzuziehen! Jetzt war es zu spät und er verfluchte diesen Tag!

Als der Killer wieder bei seinem Auto war, rief er seinen Auftraggeber an.

Nachdem er gewählt hatte, meldete sich am anderen Ende der Leitung erst niemand und er versuchte es ein zweites Mal.

Diesmal hatte er Glück und der Killer meldete sich mit den Worten:

„Ja, ich bin es...", weiter kam er wohl nicht, denn er hörte auf zu sprechen. Er holte tief Luft und setzte zum zweiten Versuch an:
„ Das ist richtig. Es ist nicht mein Handy, dass funktioniert nicht mehr, weil ich einen Unfall hatte."

Der Mann zögerte etwas und setzte dann hinzu: „Der Geldkoffer ist auch weg!" Danach fing er an zu schildern, was ihm widerfahren war und was er unternommen hatte, um das Geld wieder zu bekommen.

Am anderen Ende der Leitung war wohl jemand, dem das alles gar nicht gefiel. Wenn es nicht dunkel gewesen wäre, hätte jeder sehen können, dass der Killer mal rot und mal weiß im Gesicht wurde.

„Ich bleibe jetzt hier in der Nähe seiner Wohnung und schnappe ihn mir, wenn er kommt. Durch das Foto weiß ich ja, wie er aussieht. Das kleine Nachtsichtgerät habe ich ja wie immer in meiner Notfalltasche dabei", sprach der Killer ins Handy. Pause.

Als nächstes war zu hören: „Nein, ich kann ihn nicht orten. Entweder hat der Sender oder mein Empfänger bei dem blöden Unfall etwas mitbekommen."

Nachdem er wieder einen Augenblick zugehört hatte, sagte er nur noch: „Ja, ich weiß!" und trennte die Verbindung.

Er hoffte darauf, dass Udo auch wirklich wieder in seine Wohnung wollte.

Hauptsache er war nicht einfach mit dem Geld, aber ohne seine Frau, abgehauen.

Der Killer überlegte einen kurzen Moment und war sich ganz sicher, dass er persönlich es so gemacht hätte, denn keine Frau der Welt würde er gegen so viel Geld eintauschen!

Darum hielt der Mann sich in der Nähe des Hauses auf und verfluchte den Moment, als Polizei und Rettungsdienst angebraust kamen und die Leute dann gleich in „sein" Haus liefen. Irgendetwas musste schief gelaufen sein.

Dem Killer war sofort klar, dass die Leiche von Udos Frau entdeckt worden war. Doch wie und von wem?

Udo konnte es nicht gewesen sein, der wäre nicht ins Haus gekommen, ohne dass der Killer ihn gesehen hätte.

Doch das spielte jetzt keine Rolle mehr, denn durch den Lärm der Rettungskräfte geweckt, gingen auch überall in den Nachbarhäusern die Lichter an. Einige Personen öffneten ihre Fenster und schauten hinaus, andere machten sich schon auf den

Weg dorthin, wo die Polizei begann, die Absperrung zu errichten.

Der Mann musste nun höllisch aufpassen, nicht entdeckt zu werden und darum entfernte er sich vorsichtig viel weiter von dem Haus, als er eigentlich wollte.

Nachdem der Killer Udo entdeckt hatte, folgte er ihm und wollte ihn eigentlich abfangen. Aber er konnte schließlich nicht wie ein Verrückter durch die Gegend rennen ohne aufzufallen, denn das hätte er tun müssen, da er ziemlich weit von Udo entfernt war.

So sah er Udo nur noch in das Auto einsteigen und langsam losfahren.

Der Killer hatte sein Auto nur eine Straße weiter geparkt und wunderte sich, wie langsam Udo in Richtung Stadtzentrum fuhr. Der Mann lief zum Auto, stieg ein und gab Gas wie ein Rennfahrer.

Doch als er auf die Hauptstraße einbiegen wollte, fuhr gerade ein Streifenwagen der Polizei in die Richtung, in welche er auch musste.

Der Killer verfluchte sein Pech nach allen Regeln der Kunst! Wenn er Udo jetzt nicht aus den Augen verlieren wollte, dann musste er sich notgedrungen auch hinter der Polizei einordnen!

Er konnte zwar auf der hell erleuchteten Straße gerade noch Udos Auto erkennen, aber die Polizei konnte er ja schlecht überholen. So bemühte er sich, bei der Polizei nicht aufzufallen und trotzdem Udo nicht aus den Augen zu verlieren.

Als der Streifenwagen dann einige Straßen später abbog, spielte der Killer mit dem Gedanken, Udo von der Straße abzudrängen, aber er verwarf den Plan sofort wieder.

Das war hier in der Stadt viel zu gefährlich. Er konnte dabei beobachtet werden, denn die Stadt erwachte langsam zum Leben.

Die Polizei war durch die Sache mit Udos Frau auch aufgescheucht, vielleicht hatte man auch die drei anderen Toten schon entdeckt.

Es wäre auch möglich, dass Udo bei der Aktion drauf ging. Das wäre unter Umständen ein Fiasko, denn wenn dieser das Geld nicht bei sich hatte, was dann?

Wenn Udo das Geld doch im Auto hatte, wer garantierte denn, dass er es sofort fand und an sich nehmen konnte? Nein, diese ganze Aktion wäre viel zu riskant!

Als der Killer dann auch noch mit Erstaunen feststellen musste, dass Udo auf die Autobahn einbog, führte er noch ein Gespräch mit Martinas Handy. Danach dachte er nur noch:

„Junge, du hast keine Chance! Wir kriegen dich und auch das Geld!"

Wobei er in erster Linie auch an sich selber dachte, denn seine Haut war ihm doch am nächsten! Wenn es um Geld ging, dann kannte sein Auftraggeber nämlich keine Freunde!

Udo stand noch so unter Schock, dass er keinen klaren Gedanken fassen konnte und erst einmal nur weg wollte. So fuhr er langsam und ab und zu ohne Grund bremsend in Richtung Stadt.

Als er das erste Mal bewusst in den Rückspiegel sah, bemerkte er die Lichter von zwei Autos hinter sich.

Na ja, dachte Udo. *Da bin ich um diese Zeit nicht alleine unterwegs.*

Doch plötzlich viel ihm an dem ersten Auto etwas Besonderes auf, es war ein Polizeiauto. Er starrte deswegen so intensiv in den Rückspiegel, dass er die Bordsteinkante touchierte und dadurch wieder zurück in die Wirklichkeit geholt wurde.

Dem ersten panischen Impuls folgend wollte er Gas geben und flüchten. Doch gerade rechtzeitig viel ihm auf, dass die Polizei nicht mit Blaulicht unterwegs war und ihm auch nicht näher kam.

Wenn die also nicht hinter ihm her waren, dann würde er sich erst recht verdächtig machen, wenn er jetzt das Gaspedal durchdrückte!

Es dauerte auch nicht lange, bis die Polizei in eine andere Straße einbog und Udo damit ein momentanes Glücksgefühl verschaffte.

Der zweite Wagen aber blieb hinter ihm und kam langsam näher, ohne dass es ihm auffiel. Doch wie sollte es weiter gehen?

Wieder einmal nahm ihm das Schicksal, oder sein Bauchgefühl, die Entscheidung ab. Er war nämlich kurz vor der Autobahnauffahrt und da wusste Udo, was er wollte. Rauf auf die Autobahn und raus aus Deutschland! In weniger als zwei Stunden konnte er in Dänemark sein!

Er überlegte nicht länger, nahm die Auffahrt und gab Gas. Das der Mann in dem Auto hinter ihm den gleichen Weg nahm wie er, das war nicht weiter auffällig.

Udo hatte Tränen vergossen, war schockiert und konnte nicht fassen, dass seine Martina tot war und er hatte Angst, aber nur Angst davor, mit dem Geld erwischt zu werden. Es war für ihn unfassbar, dass die Polizei ihn als Tatverdächtigen suchte, als ob er jemals seiner Frau etwas hätte antun können!

Dass er sich mit seiner Flucht nur noch verdächtiger machte, als er ohnehin schon war, auf diese Idee kam er nicht.

Im Gegenteil, er hatte im Fernsehen immer wieder gesehen, dass die Polizei eine gesuchte Person mit Hilfe der Handyortung finden konnte. Daran dachte er jetzt und handelte.

Er nahm sein Handy, schaltete es aus und warf es während seiner rasanten Fahrt aus dem Fenster. Kein Gedanke an Schuld, keine Gedanken an seine tote Frau, nur Gedanken an sich und das Geld!

Udo trat das Gaspedal richtig durch und sein großer und PS starker BMW presste ihn regelrecht in den Fahrersitz, als er so plötzlich beschleunigte.

Er genoss diese schnelle Fahrt in dem komfortablen Auto und dachte an die guten alten Zeiten, in denen es für ihn eine Selbstverständlichkeit war, solche Autos zu fahren und natürlich zu besitzen.

Der Killer in dem Auto hinter ihm hatte keine Mühe ihm zu folgen. Dies tat er jetzt schon seit zwanzig Minuten und langsam wurde es draußen hell.

Dann kam ein schneeweißer, großer Audi angebraust und gab mit den Scheinwerfern an dem vor ihm fahrenden Killer Lichtzeichen.

Dieser betätigte nur einmal ganz kurz die Warnblinkanlage als Zeichen, dass er verstanden hatte, fuhr langsamer und ließ den anderen Fahrer überholen.

Dieser andere Fahrer würdigte während des Überholvorganges den Killer mir keinem einzigen Blick.

Der neue Mann, welcher sich ab sofort an Udos Fersen heftete, hatte relativ lange blonde Haare, blaue Augen und eine Narbe unter dem Kinn.

Als er den Killer überholt hatte, betätigte er die Freisprechanlage für sein Handy und teilte seinem Gesprächspartner mit, welches die nächste Ausfahrt war, die der Killer nehmen musste.

Noch am gleichen Tag gab es von der Polizei eine Pressemitteilung. In dieser wurde bekannt gegeben, dass in einem Wald, ca. 10 km von der Autobahn entfernt, von einem Förster die Leiche eines bisher unbekannten Mannes gefunden worden war. Die Mordkommission hätte die Ermittlungen aufgenommen, da der Mann an den Händen gefesselt und durch einen Genickschuss regelrecht hingerichtet wurde.

Es wurde jetzt richtig hell, aber nur für kurze Zeit. Danach bezog sich der Himmel mit dunklen Wolken und es fing an zu regnen, erst ganz langsam und dann immer heftiger.

Dadurch, dass jetzt auch immer mehr LKWs unterwegs waren, welche noch mehr Gischt erzeugten, war es auch kein angenehmes Fahren mehr.

Udo war das alles egal. Er fuhr so schnell, wie es das Wetter zuließ. Und wenn etwas passieren würde und er dabei drauf ging, war ihm das auch recht.

In seinen Gedanken spielten sich schon wieder Bilder ab, die nur er und sonst niemand verstand! Aber verstand er sie wirklich? Oder akzeptierte er sie nur, ohne sich zu wehren?

Weil sich Udo ständig mit diesen Bilder und Gedanken beschäftigte, kam ihm ein für seine Überlegungen genialer Gedanke, er löste den Sicherheitsgurt. Auf diese Art und Weise würde bei einem Unfall mit Sicherheit alles für immer vorbei sein!

Der Fahrer in dem weißen Audi hatte manchmal wirklich Mühe, Udo zu folgen und verfluchte dessen idiotischen Fahrstil bei diesem Wetter. Es war dem Mann im Prinzip egal ob Udo drauf gehen würde, egal wie, sterben musste er auf jeden Fall!

Aber wenn verunglücken, dann bitte nicht hier auf der Autobahn, denn sein Empfänger zeigte ihm an, dass Udo das Geld bei sich hatte. Wie sollte er bei einem Unfall mit dieser Geschwindigkeit schnell anhalten und den BMW nach Geld und Stick durchsuchen, um dann wieder unauffällig zu verschwinden? Nein, es musste und würde einen anderen Weg geben!

Das waren die Gedanken des Mannes, der jetzt damit beauftragt war Udo, das Geld wieder abzunehmen und ihn zu Eleminieren!

Dieser Udo fuhr und fuhr, als ginge es um sein Leben und das war ja auch so. Er war die ganze Zeit so in seine Gedanken vertieft, dass er Musik und Beiträge im Radio so gut wie gar nicht wahrgenommen hatte.

Aber jetzt fiel in den Nachrichten der Name seiner Stadt. Es wurde von der Sprecherin etwas berichtet, was ihn aus seiner Lethargie riss und geradezu elektrisierte:

„Grausame Verbrechen erschrecken die Bewohner dieser Stadt! Zweimal wurde die Polizei in der heutigen Nacht per Notruf alarmiert. Jedes Mal fand sie die Leichen von Personen, die einem Gewaltverbrechen zum Opfer gefallen waren. Etwas außerhalb der Stadt gibt es eine alte Ruine.

Dort fand ein Mann die Leichen von zwei Männern. Der eine Mann war offenbar erschossen und der andere mit Messerstichen getötet worden. Ein dritter Toter wurde unweit der Ruine in dem Wrack seines Autos gefunden und ist wahrscheinlich Opfer eines Verkehrsunfalls geworden. Bei der vierten Person handelt es sich um eine Frau, und zwar um Martina Lange. Sie wurde von den Mitbewohnern eines Mehrfamilienhauses im Flur ihrer Wohnung gefunden und ist offenbar ein Opfer von schweren Misshandlungen.

Wie wir aus gut informierten Kreisen erfahren haben, wird Udo Lange, der Ehemann der getöteten Frau, als dringend tatverdächtig von der Polizei gesucht.

Unser Reporter Arno Süchtig berichtet jetzt live vom Ort des Geschehens. Hallo Arno, was kannst du uns neues erzählen?"

„Guten Morgen Bettina, guten Morgen liebe Hörerinnen und Hörer!

Es ist unfassbar, was heute Nacht in unserer schönen Stadt geschehen ist. Drei Menschen wurden auf grausame Weise ermordet. Ein vierter wurde tot in dem Wrack seines Autos gefunden. Die Ruine, bei der die ermordeten Männer gefunden wurden, ist ungefähr 1,5 km außerhalb der Stadt.

Aber hier in der Siedlung am Rande der Stadt wurde Martina Lange tot in ihrer Wohnung gefunden. Das Ehepaar, welches die arme Frau gefunden hat, war für uns noch nicht zu sprechen. Aber wir haben hier Mitbewohner des Hauses, die nicht glauben können, was hier geschehen ist und dass der Ehemann der toten Frau als dringend Tatverdächtiger von der Polizei gesucht wird.

Frau Berger, sie wohnen doch praktisch Tür an Tür mit dem Ehepaar Lange. Haben Sie eine Erklärung für das, was dort geschehen ist?" wollte Arno Süchtig wissen.

Frau Berger antwortete: „Ich bin einfach fassungslos über diese grausame Tat. Man hört und liest ja so etwas immer wieder, aber das es hier und dann auch noch in unserem Haus geschehen konnte, ist unglaublich!

Das heißt, so unglaublich auch wieder nicht. Ich habe gestern Abend den größten Teil eines Streites zwischen dem Ehepaar mit anhören müssen! Die beiden waren so laut, das ging gar nicht anders! Gestritten wurde dabei wohl um Geld und seine Arbeit. Die Martina, seine liebe, nette Ehefrau, war freundlich, ehrlich, immer hilfsbereit und ließ sich dabei viel von ihm gefallen. Ihr Mann dagegen war mir immer etwas suspekt, ja geradezu unheimlich.

Ich hatte manchmal richtig Angst vor ihm! Das führte dazu, dass ich ihn nach Möglichkeit nicht angesprochen habe und wenn es sich doch einmal nicht vermeiden ließ, dann hat er mich richtig wild angesehen. Manchmal hatte ich das Gefühl, er würde mich am liebsten umbringen! Er war ja nur ein Leiharbeiter und musste in seiner Firma kuschen und den Mund halten. Seinen ganzen Frust hat er dann an seiner lieben Frau ausgelassen. Er ist eben am Leben gescheitert und ein Versager an allen Fronten!"

„Soweit die eindrucksvolle Schilderung von Frau Berger über das Leben einer gescheiterten Persönlichkeit, welche sich am Ende nicht mehr unter Kontrolle hatte", sprach der Reporter.

„Zu uns gestoßen ist jetzt auch Kriminalhauptkommissar Meier. Herr Meier, uns stellen sich natürlich nun zwei wichtige Fragen.

Wenn Udo Lange seine Frau so grausam getötet hat, besteht dann auch die Möglichkeit, dass er mit den beiden ermordeten Männern bei der Ruine in Verbindung gebracht werden kann? Wenn ja, müssen die Bürger unserer Stadt jetzt Angst haben, dass auch sie nicht mehr sicher sind, weil hier jemand herumläuft, der sich nicht unter Kontrolle hat und scheinbar zu allem fähig ist?"

„Wir sollten jetzt hier keine unnötige Panik verbreiten", antwortete der Kommissar. „Wir müssen erst einmal abwarten bis alle Spuren gesichert und ausgewertet sind. Dass der Tatverdächtige etwas mit dem Tod der beiden Männer an der Ruine zu tun hat, können wir nicht ohne weiteres bestätigen, aber auch nicht ausschließen! Wir werden eine Sonderkommission bilden. Diese wird dann mit Hochdruck die Ermittlungen in alle Richtungen voran treiben!"

„Vielen Dank, Herr Meier! Mit diesen ersten Informationen gebe ich wieder zurück ins Studio", beendete der Reporter die Reportage abschließend.

„Danke, Arno! Wenn es Neuigkeiten zu diesen Ereignissen gibt, erfahren sie das live und als Erstes natürlich bei uns", kam noch der Hinweis von Sprecherin Bettina.

Udo lief es eiskalt den Rücken hinunter. Er bekam Gänsehaut, einen roten Kopf und fing an zu schwitzen. Über ihn wurde im Radio gesprochen. Alle die diesen Bericht gehört hatten und das waren sicher viele, mussten ihn jetzt für einen Gewaltverbrecher, einen Mörder, ja für ein Monster halten!

Jemand der seine eigene Frau zu Tode gequält hatte! Dann noch die ganzen Lügen von dieser „lieben" Frau Berger! Es war doch alles ganz genau anders herum und nicht wie sie es dargestellt hatte!

Auf einmal war die Ausfahrt zur Raststätte da und ohne zu überlegen machte er eine Vollbremsung, riss das Lenkrad herum und schaffte es gerade noch die Ausfahrt zu nehmen. Allerdings kam Udo dabei auf der regennassen Fahrbahn sehr ins Rutschen.

Nur mit ganz viel Glück schaffte er es die Kontrolle über das Auto zu behalten und fuhr auf den Parkplatz, um sich zu erholen. Er stellte das Auto ab, stieg aus und holte erst einmal ganz tief Luft.

Für den Mann im weißen Audi hinter Udo, kam dessen Manöver völlig überraschend. Nie hätte er es für möglich gehalten, dass ihn jemand so überrumpelt. Obwohl er auch eine Vollbremsung machte, es riskierte, dass sein Hintermann fast in ihn hinein fuhr, konnte er nicht abbiegen und musste wohl oder übel weiterfahren.

Da er jetzt sehr langsam geworden war, überholte ihn das Auto, welches eben beinahe in ihn hineingefahren wäre. Zwei Männer saßen darin, hupten wie wild und zeigten ihm den Scheibenwischer und drohten mit der Faust. Billy sah kurz hinüber und zeigte den beiden mit der linken Hand den erhobenen Mittelfinger.

Dem Mann war egal, was die anderen von ihm dachten, er musste erst einmal überlegen, wie es weitergehen konnte. Es gab nur zwei Möglichkeiten, entweder fuhr er die nächste Ausfahrt runter und wieder zurück, dann die nächste Auffahrt wieder drauf, um zu der Raststätte zu kommen.

Aber das war alles umständlich und würde auch viel zu lange dauern. Die andere Alternative wäre, auch den nächsten Parkplatz anzufahren, das war wohl die bestmögliche Lösung. Dort müsste er warten, bis Udo vorbei kommen würde. Da der Sender eine gute Reichweite hatte, wäre es kein Problem, ihn rechtzeitig zu orten.

Die Entscheidung, welche Option er davon ziehen würde, war schnell gefallen, denn schon bald konnte Billy das Hinweisschild zu einem kleinen Parkplatz sehen.

Er verließ dort die Autobahn, stellte das Auto ab, sah sich um und konnte nur noch einen weiteren PKW entdecken. Er wollte auf Udo warten, denn dieser musste ja hier vorbeikommen.

Udo wusste natürlich von alldem nichts, er hatte ja auch seine eigenen Probleme. Dass der Regen immer noch nicht ganz aufgehört hatte, störte ihn nicht, im Gegenteil. Er streckte den Kopf in den Nacken und ließ sein Gesicht nass regnen. So konnte auch niemand seine Tränen sehen, die sich jetzt in Sturzbächen über sein Gesicht ergossen.

Nach allem, was er in den letzten Jahren durchgemacht hatte, sowohl beruflich als auch privat, stand er nun vor den Scherben seines Lebens.

Udo dachte: *Ich stehe regelrecht am Pranger und werde gejagt wie ein wildes Tier. Warum gerade ich? Wie kann die Welt nur so grausam zu mir sein? Ich habe doch niemanden etwas getan! Warum hilft mir denn keiner? Ich bin doch unschuldig!*

Udo bedauerte nur sich selbst. Er verschwendete jetzt schon keinen Gedanken mehr an seine ermordete Frau. Oder sein Unterbewusstsein verdrängte diesen Gedanken erfolgreich.

Der Regen hörte jetzt langsam auf und er beruhigte sich etwas. Er brauchte einen Plan. Wie konnte er der Meute entkommen, die ihn jagte? Udo setzte sich wieder ins Auto und überlegte hin und her.

Ständig sah er dabei durch die Scheiben nach draußen und hielt Ausschau nach… Ja, wonach? Er wusste es nicht. Er fühlte sich einfach nicht sicher.

Beim letzten Mal, als er aus dem Fenster der Beifahrerseite sah, durchzuckte es ihn wie ein Blitz. Udo hatte die Lösung! Ein Auto, aus dem gerade vier Personen stiegen, zwei Erwachsene und zwei Kinder, brachte ihn auf eine Idee, welche scheinbar ein Geschenk des Himmels war. Das besondere an dem Auto, es hatte das Nationalitätskennzeichen von Norwegen.

Dort waren Udo und seine Frau Martina fünf oder sechs Mal in Urlaub gewesen. Norwegen war weit weg von Deutschland, viel weiter als Dänemark. Wer dort einsam leben wollte, der konnte das auch! In einer Hütte am Fjord konnte er in Ruhe über alles nachdenken und entscheiden, wie es weitergehen sollte.

Fieberhaft arbeiteten seine Gedanken, denn es war eine sehr gute Idee, fand er! Dies schien überhaupt die Lösung für all seine Probleme zu bedeuten, natürlich war es nicht so, aber das konnte er nicht realisieren.

Im Gegenteil, je intensiver er darüber nachdachte, umso überzeugter war er von seiner Klugheit. Udo wähnte sich sogar im Vorteil gegenüber der Polizei.

Die wusste nicht, wo er war und welches Auto er fuhr. Das er Geld genug für den Rest seines Lebens hatte, war der Polizei mit Sicherheit auch nicht bekannt.

Zusätzlich fiel ihm gerade wieder ein, was er so oft in den Krimis gesehen hatte, er durfte auf gar keinen Fall irgendeine Karte benutzen! Weder zum bezahlen beim einkaufen, noch für den Besuch eines Arztes. Das würde mit seinem vielen Geld aber kein Problem sein! Wohl gemerkt, mit <u>seinem</u> vielen Geld!

Plötzlich war Udo wieder voller Elan und Zuversicht. Er ließ den Wagen an und fuhr zum tanken. Er wusste ja von früher, dass diese Raststätte die letzte Möglichkeit bot, um vor der dänischen Grenze das Auto voll zu tanken.

Außerdem kaufte er für unterwegs etwas zu essen und zu trinken.

Danach gönnte er sich im Restaurant ein großes Frühstück und trank viel Kaffee dazu. Etwas unwohl war ihm schon, als er in dem großen Raum beim Essen saß.

Ganz unbewusst hatte Udo sich in eine Ecke gesetzt. Links war eine bunt bemalte Wand und dahinter der Eingangsbereich. In seinem Rücken befanden sich verschiedene kleine Theken an denen man sich selbst bedienen konnte.

Vor ihm war das Fenster, so dass er alle Leute sah, die herein kamen. Dass diese aber auch ihn sehen konnten, daran dachte er nicht. Während er frühstückte und auch noch zwischendurch, als er sich zwei Mal Kaffee nachholte, horchte er ganz genau auf die Gespräche der Anwesenden. Er wollte wissen, ob die Leute schon über ihn redeten. Das war aber nicht der Fall.

Als Udo mit dem Frühstück fertig war, ging er zum Auto mit dem Bewusstsein, dass er noch für niemanden interessant geworden war.

Der Regen hatte jetzt aufgehört und er schlenderte langsam zum Auto, wobei ihm dann ein wichtiger Gedanke kam. Da er für alle, die ihm begegneten, als Urlauber gelten wollte, wäre es doch merkwürdig, wenn er keine Koffer oder Taschen mit allem, was ein Mann im Urlaub brauchte, bei sich hatte.

Udo hatte aber nichts, keine Kleidung zum wechseln, keine Schuhe und auch keine Artikel zur täglichen Körperpflege.

Da musste Abhilfe geschaffen werden! Die letzte größere Stadt vor der dänischen Grenze war natürlich Flensburg.

Dort gab es, wie er von früher wusste, ein großes Einkaufscenter mit verschiedenen Geschäften.

In denen würde er alles bekommen, was er brauchte. Er setzte sich ins Auto und fuhr auf die Autobahn.

Billy verfluchte lauthals sein Pech mit Udo und wünschte ihn dahin, wo der Pfeffer wächst, natürlich erst, wenn er ihm das Geld wieder abgenommen hatte!

Dass seine Pechsträhne noch nicht beendet war, konnte der Mann noch nicht ahnen.

Um zu überprüfen ob der Empfang des Senders, von dessen Existenz Udo ja nichts wusste, außerhalb des Autos besser war, stieg er trotz des leichten Regens aus.

Dabei trat er in eine große Hundemine, rutschte aus und fiel mit der rechten Schulter genau gegen die Kante der geöffneten Tür. Dass er sich dabei auch noch auf den Hosenboden setzte, war schon fast nebensächlich, denn die Schulter schmerzte fürchterlich und der Arm und die Hand waren gefühllos.

Zu allem Überfluss hörte Billy hinter sich auch noch eine männliche Stimme sagen: „Da hast du Blödmann deine Strafe ja schon bekommen!"

Er drehte den Kopf und sah schräg hinter sich zwei Männer, die auf ihn herunter grinsten.

Die beiden mussten aus dem kleinen Wäldchen gekomen sein, der direkt hinter dem geparkten Audi anfing.

Sie waren ganz in schwarz gekleidet, hatten glatt nach hinten gekämmte Haare und waren unverkennbar Zwillinge. Jeder hatte eine Tätowierung auf dem Handrücken.

Beide hatten natürlich das gleiche Bild, einen zugreifenden Adler. Das einzige woran man sie unterscheiden konnte, waren die Ohrringe, welche der eine trug.

„Hat deine Mama dir nicht beigebracht aufzustehen, wenn Erwachsene sich mit dir unterhalten wollen", fragte der Mann mit den Ohrringen spöttisch.

Tatsächlich erhob sich Billy langsam und umständlich. Als er stand und die beiden böse anstarrte, baumelte sein rechter Arm wie ein Fremdkörper an ihm herunter. Bevor er aber etwas sagen konnte, sprach der Zwilling weiter:

„Als wir gesehen haben, dass du hier auf den Parkplatz gefahren bist, haben wir gedacht, dass es doch noch eine Gerechtigkeit gibt! Durch dein Bremsmanöver vorhin an der Einfahrt zur Raststätte wären wir bald draufgegangen. Weißt du jetzt, wer wir sind?"

Billy wusste es, doch das machte ihn nur noch gereizter! „Es ist doch nichts passiert! Also verzieht euch, aber schnell!" war seine wütende Antwort.

Die beiden Männer machten fünf, sechs große Schritte und standen dann fast direkt vor dem Mann aus dem Audi.

„Dir geht es wohl nicht gut", knurrte der Mann ohne Ohrringe. Bei diesen Worten holte er aus und wollte Billy die Faust ins Gesicht schlagen, doch dieser reagierte blitzschnell, indem er sich bückte und den gesunden linken Arm zur Abwehr gebrauchte. Dadurch konnte er den Schlag von diesem Mann zwar abblocken, aber der andere Zwilling verpasste ihm einen Faustschlag direkt auf das linke Auge und zwar so heftig, dass auch die Augenbraue sofort aufplatzte und anfing zu bluten.

Der auf diese Weise arg gebeutelte Billy verlor das Gleichgewicht und fiel durch die offene Tür wieder rückwärts in das Auto hinein, aber nicht ohne sich auch noch den Kopf an der Dachkante zu stoßen.

Die beiden Männer fingen laut an zu lachen. Doch das sollte ihnen ganz schnell vergehen.

In der großen Konsole zwischen Fahrer- und Beifahrersitz lag, versteckt unter einem seidenen Schal, eine Pistole mit Schalldämpfer! Mit seiner gesunden linken Hand griff der Mann blitzschnell die Waffe und richtete sie auf die beiden Zwillinge!

„So, Freunde! Der Spaß ist jetzt vorbei und ich lache", verkündete er mit so viel Wut in der Stimme, dass bei den beiden eigentlich sofort sämtliche Alarmglocken hätten angehen müssen.

„Wen willst du denn mit deiner Spielzeugpistole erschrecken?", wollte der Mann ohne Ohrringe wissen.

Als Antwort hörte er nur ein leises „Plopp" und dann schrie er vor Schmerzen laut auf, denn Billy hatte geschossen und ihm eine Kugel in den rechten Arm gejagt! Der Zwillingsbruder wurde kreidebleich und hielt wie zur Abwehr beide Hände vor seinen Oberkörper.

„Ich hätte euch auch eine Kugel in eure Hohlköpfe jagen können! Ihr geht jetzt beide fünf Schritte zurück, dann bleibt ihr stehen und dreht euch mit dem Gesicht zum Wald. Wenn ihr auf dumme Gedanken kommt, seid ihr tot!"

Drohend blieb die Waffe auf den unverletzten Zwilling gerichtet.

Der andere presste seinen verletzten Arm fest an seinen Oberkörper und drückte mit der linken Hand auf die stark blutende Wunde.

Die beiden traten wie befohlen zurück und drehten sich um.

Jetzt erst quälte sich Billy aus dem Auto und schloss die Tür. Sein Kopf dröhnte, das linke Auge war fast zu und der rechte Arm war immer noch nicht zu gebrauchen, obwohl langsam wieder etwas Gefühl in den Arm kam und er die Fingerspitzen schon wieder leicht bewegen konnte. Die Schulter schmerzte bei jeder Bewegung. Wenigstens die Augenbraue hatte aufgehört zu bluten.

„Jetzt geht ihr wieder in den Wald und dabei gebt ihr euch die Hände. Wenn ich Stopp sage, dann bleibt ihr stehen und zieht euch die Hosen aus!"

Der Kopf des unverletzten Zwillings ruckte herum, so als wollte er etwas sagen, aber er sah direkt in die Mündung von Billys Pistole! Dieser war nämlich nur noch zwei Schritte hinter den beiden.

„Kopf nach vorne und dann zügig in den Wald", kam die Anweisung.

Nicht ohne Grund sollten die beiden sich beeilen, denn die Autobahn wurde immer voller und jeden Moment konnte noch jemand auf den Parkplatz gefahren kommen. Das würde dann noch mehr unnötige Probleme geben.

So wütend wie jetzt in diesem Augenblick war Billy selten gewesen.

Die Sache mit den beiden Knallköpfen vor ihm und die Tatsache, dass er sich dazu hatte hinreißen lassen, dem einen eine Kugel zu verpassen, setzte allem die Krone auf.

Aus seiner Sicht hatte er nun keine andere Wahl mehr, die beiden mussten sterben!

Die Geschichte mit den Hosen ausziehen war nur eine Ablenkung, denn wer glaubt schon, dass er erschossen wird, wenn er die Hose ausziehen muss?

Auch wenn der eine Zwilling wegen der Schussverletzung ständig am stöhnen und jammern war, gingen die beiden doch brav Hand in Hand in den Wald hinein.

„Das reicht! Fangt jetzt an eure Hosen auszuziehen. Denkt aber nicht daran euch umzudrehen, ich will eure Hintern sehen!" Die Anweisungen von Billy kamen klar und deutlich und duldeten keinen Widerspruch. Er hatte es aber nun auch wirklich eilig, denn sein Empfänger verriet ihm durch einen gewissen Ton, dass Udo ihm auf einmal wieder näher kam! Er hatte also seine Fahrt fortgesetzt.

Als dann der verletzte Mann bei einer unvorsichtigen Bewegung einen lauten Schrei ausstieß, wurden die beiden mit zwei blitzschnellen Kopfschüssen auf die Reise in eine andere Welt geschickt.

Billy hatte die beiden mit Absicht neben einer kleinen Mulde anhalten lassen. Er hielt es nicht einmal für nötig sich zu vergewissern, ob die beiden wirklich tot waren.

Er steckte die Pistole in seinen Hosenbund und zog die beiden Zwillinge einen nach dem anderen in diese Mulde. Das war nicht so einfach und er geriet dabei ganz schön ins Schwitzen, denn er konnte ja nur einen Arm gebrauchen.

Durch diese Anstrengung hämmerte es in seinem Kopf noch mehr und sein lädiertes Auge fing an zu tränen.

Danach suchte Billy auf die Schnelle zusammen, was er an Ästen und Zweigen in seiner Nähe finden konnte. Diese warf er notdürftig über die beiden Toten.

Wenigstens sollten sie nicht sofort entdeckt werden und ihm die Chance bieten möglichst weit entfernt zu sein, wenn die beiden gefunden wurden.

Dann ging er ganz schnell zurück in Richtung Auto. Aber bevor er ganz aus dem Wäldchen heraustrat, blieb er kurz im Schutz der Bäume stehen, um sich zu vergewissern, ob auf dem Parkplatz noch alles beim alten war. Es hatte sich nichts geändert und er ging zum Auto und setzte sich beruhigt hinein.

So schnell es ging verband Billy seinen Empfänger mit dem Navi, um genau zu sehen, wo Udo jetzt war.

Dieser war nur noch ein bis zwei Minuten entfernt, dann würde er den Parkplatz, und somit auch den Mann im Audi, passieren. Dieser nahm ein Taschentuch und befeuchtete es mit Wasser aus einer Flasche, die er immer im Auto hatte. Damit wischte er sich, so gut es ging, dass Blut aus dem Gesicht.

Dann startete er den Wagen und fuhr langsam wieder Richtung Autobahn.

Billy war heilfroh, dass er einen Wagen mit Automatic hatte. Schalten wäre mit der rechten Hand kaum möglich und lenken konnte er sowieso nur mit links.

Er hielt noch einmal kurz an und suchte eine Schmerztablette. Er fand noch zwei Stück in dem Handschuhfach und nahm beide gleichzeitig mit einem Schluck Wasser.

In diesem Moment fuhr Udo an dem Parkplatz vorbei und der Mann im Audi beeilte sich, damit er hinterher kam.

Nachdem Udo nun genau wusste, was er wollte, zumindest redete er sich das ein, sah er keinen Grund, weiterhin wie ein Verrückter zu rasen. Er fuhr verhalten mit 120-130 km/h, denn er hatte ja Zeit.

Im Radio hatte er noch nichts wieder über sich bzw. über die Ereignisse der vergangenen Nacht gehört. Darum war er guter Dinge und hatte sogar richtig gute Laune, denn im Radio kam gerade ein Lied, das ihm einen weiteren positiven Schub gab.

„Und eins kann mir keiner nehmen, ja eins kann mir keiner nehmen, das ist die pure Lust am Leben!" Diesen Refrain summte, nein, sang er zum Schluss laut vor sich hin! Den Takt dieser Musik klopfte er dazu mit den Fingern auf dem Lenkrad. Dabei lachte er über das ganze Gesicht und seine Augen strahlten.

Udo fühlte sich richtig gut dabei. *Warum auch nicht? Wer sollte es mir verbieten? Ich bin frei und kann machen, was ich will und keiner ist da, der mich anschreit oder schikaniert! Ich habe so viel Geld, dass ich nicht einmal weiß, wie viel es wirklich ist. Damit kann ich mir alles leisten, was ich will!*

Das waren die Gedanken von Udo, das heißt, war das wirklich Udo? War das der Mann, welcher versucht hatte, sich das Leben zu nehmen, weil er überzeugt war, überflüssig und unerwünscht auf dieser Welt zu sein?

Durch diese Gedanken blendete er alles aus, was er in den letzten Stunden erlebt hatte. Sein misslungener Suizidversuch, der Killer, die toten Männer, seine tote Frau und die Tatsache, dass er auch von der Polizei als ihr Mörder gesucht wurde.

Nur an eines dachte er ständig: dass er viel Geld hatte und es ihm egal war, woher es kam und das Blut daran klebte!

Es war ein anderer Udo, der jetzt in diesem Augenblick auf der Autobahn fuhr. Sollte man ihn beglückwünschen oder bedauern? Auch Mitleid wäre sicher nicht falsch, wenn man davon ausgeht, dass er offenbar mit einer heimtückischen Krankheit zu kämpfen hatte.

In dieser Stimmung fuhr er weiter auf der Autobahn, bis er die Ausfahrt erreichte, die er nehmen musste, um nach Flensburg zu gelangen.

Den Weg zum Einkaufszentrum hatte Udo noch halbwegs im Kopf. So erreichte er nach nur zehn Minuten sein vorläufiges Ziel. Es war noch früh und die Geschäfte hatten noch nicht lange auf. Gleich vorne in der ersten Reihe fand er noch einen Parkplatz.

Die Tasche mit dem Geld hatte er schon die ganze Zeit auf dem Fußboden vor dem Beifahrersitzes stehen. Nach kurzem Überlegen beugte er sich dann hinunter, zählte fünftausend Euro ab und verschloss die Tasche wieder.

Das Geld verteilte er in den Taschen seiner Hose, der Jacke und natürlich auch im Portemonnaie. Udo wusste nicht einmal, ob das Geld überhaupt reichen würde, denn er musste sich schließlich komplett neu ausstatten.

Anfangen musste er mit einem Koffer, dann brauchte er noch Schuhe, Kleidung und alles Mögliche bis hin zu Seife und Zahnbürste. Auf die Preise wollte und musste er auch nicht achten, wozu hatte er das viele Geld?

Nachdem Udo das Geld in seinen Taschen verstaut hatte, nicht ohne sich dabei immer wieder zu vergewissern, dass er auch nicht beobachtet wird, nahm er die Tasche, stieg aus, verschloss das Auto und ging in das Einkaufszentrum. Früher hatte es dort auch Schließfächer für die Taschen gegeben und er hoffte, dass es sie noch gab. Seine Sorge war jedoch unbegründet, es gab die Schließfächer noch. Nachdem er die Tasche weggeschlossen hatte, machte er sich auf den Weg, seinen Großeinkauf zu tätigen.

Beim einkaufen achtete Udo darauf, dass er sich alles, was er brauchte, in möglichst vielen Geschäften des Einkaufszentrums besorgte. Dafür nahm er auch weitere Wege in Kauf, die er deswegen gehen musste. Zwischendurch brachte er seinen Einkauf immer zum Auto. Er wollte schließlich nicht auffallen.

In der Auslage eines dieser sogenannten ein Euro Märkte sah er im vorbeigehen durch Zufall etwas Besonderes. Es war eine Brille mit Fensterglas, welche ihm helfen würde, sein Äußeres zu verändern. Udo nahm gleich drei Stück davon mit.

Zum Schluss ging er in den Supermarkt, kaufte dort noch Lebensmittel und zwei Flaschen vom besten Whisky. Nachdem er diese letzten Besorgungen ins Auto gebracht hatte, machte er sich auf den Weg zum Frisör. Er wollte eine neue Frisur haben und sich gleichzeitig die Haare färben lassen.

Im letzten Moment überlegte er es sich aber anders. Was wäre, wenn eines Tages ein Bild von ihm in der Zeitung stehen, oder sogar im Fernsehen zu sehen sein würde? Würde dann nicht die Gefahr bestehen, dass sich das Personal an ihn erinnerte? Udo hatte seine Entscheidung getroffen, er würde erst in Norwegen zum Frisör gehen!

Die Brille mit den Fenstergläsern und ein Vollbart, den er sich jetzt wachsen lassen wollte, diese beiden Maßnahmen mussten vorerst reichen!

Außerdem war ihm gerade noch eingefallen, dass er sich jetzt beeilen musste, denn die Fähre von Hirtshals in Dänemark, nach Kristiansand in Norwegen, fuhr irgendwann zwischen 12:00 Uhr und 13:00 Uhr.

Die Entfernung von Flensburg bis Hirtshals betrug aber weit über 300km! Da hieß es keine Zeit zu verlieren!

Udo ging zu seinem Schließfach, nahm die Tasche mit dem Geld heraus und ging zum Ausgang.

Doch dass sein Leben jedes Mal an einem seidenen Faden hing, wenn er wieder bei seinem Auto war, wusste er nicht, denn Billy war nicht weit von ihm entfernt!

Dieser war nur wenige Augenblicke nach Udo auf dem Parkplatz angekommen. Billy hatte schon seine Schwierigkeiten gehabt, Udo zu folgen. Das plötzliche Abbiegen Richtung Flensburg kam schon wieder völlig überraschend für den Mann im weißen Audi.

Die Kurverei in der Stadt mit nur einem richtig funktionsfähigen Arm war schon schwierig genug, aber dass er praktisch nur noch mit einem Auge etwas sehen konnte, machte alles nur noch schlimmer.

Doch das größte Problem für Billy war der Sender, welcher ja immer noch unbemerkt zwischen dem Geld liegen musste. Dieser gab manchmal nur ganz schwache Impulse von sich. Selbst auf der Autobahn, wenn er praktisch direkt hinter Udo hergefahren war, hatte er sie manchmal nicht empfangen.

Da noch nicht sehr viel los war, fand Billy das Auto von Udo sofort.

Er parkte seinen Audi etwa 20m schräg hinter ihm in der nächsten Reihe. Danach führte er mit Widerwillen ein Telefongespräch mit seinem Auftraggeber, welches seine Laune auch nicht verbesserte, weil sein Boss ihm ein Ultimatum setzte.

Egal wie, Billy sollte dafür sorgen, dass Udo eliminiert und das Geld wiederbeschafft wurde. Nicht erst irgendwann, sondern hier und heute! Der Boss war sich so sicher, dass Billy es schaffen würde, seinen Auftrag zu erfüllen, dass er ankündigte, jemanden zu schicken, der ihm das Geld abnehmen und weiter befördern würde.

Dass Udo schon seine Tasche mit in das Einkaufszentrum genommen hatte, wusste Billy aber nicht, denn Udo verschwand gerade im Einkaufszentrum, als Billy auf den Parkplatz fuhr.

So blieb er erst einmal im Auto sitzen, beobachtete den Wagen und brauchte auch nicht lange auf Udo warten.

Dieser kam nämlich bald, beladen mit einem Koffer und verschiedenen Taschen, zum Auto zurück, legte alles auf die Rückbank, verstaute die Taschen in den Koffer und ging wieder zurück.

Billy sah dabei Udo das erste Mal in voller Lebensgröße und wunderte sich, dass dieser unauffällige und so weichlich erscheinende große Mann, seinem Auftraggeber solche Schwierigkeiten bereiten konnte. Dieser hätte ihm den Job schon viel früher geben sollen.

Es dauerte nicht lange und Udo kam wieder zum Auto, legte die vollen Einkaufstaschen auf die Rückbank und ging zurück in das Zentrum.

In Billy machte sich ein Verdacht breit. Da er das Signal des Senders nur schwach empfangen konnte und Udo seinen ganzen Einkauf auf die Rückbank legte anstatt in den Kofferraum, wie es jeder normale Mensch getan hätte, glaubte der Mann in dem Audi, dass Udo die Millionen im Kofferraum hatte. Er beschloss sich umzusehen.

Billy steckte seine Pistole ein, stieg aus und ging einmal möglichst unauffällig um den BMW herum und warf dabei durch jedes Fenster einen Blick in das Innere des Wagens. Was er dort sah, erhärtete seinen Verdacht nur noch, außer den eben von Udo eingekauften Sachen war nichts zu sehen, was auf den Verbleib des Geldes hindeutete.

Das Geld musste im Kofferraum sein! Udo nutzte das viele Geld scheinbar dazu, einen Großeinkauf zu tätigen, um sich danach endgültig aus dem Staub zu machen.

Mit einem Lächeln im Gesicht ging Billy wieder zu seinem Audi zurück. Er hatte spontan eine Entscheidung getroffen und wusste, was zu tun war, um seinen Auftrag zu erfüllen! *Ist doch ein Kinderspiel*, dachte er.

Billy war gerade wieder beim Auto angekommen und wollte sich hineinsetzen, da sah er Udo schon zum dritten Mal mit mehreren Plastiktaschen in der Hand zum Auto gehen und der gleiche Ablauf wie schon zweimal zuvor wiederholte sich. Dieser legte alles auf die Rückbank, bzw. auch in den Zwischenraum zum Vordersitz und ging dann wieder dahin zurück, woher er gekommen war.

Aber er sah auch noch etwas anderes, einen schlanken, dunkelhaarigen jungen Mann, der auch hinter Udo herschaute und sich dann zügig dessen Auto näherte. An der Fahrertür blieb er stehen, holte etwas aus seiner Jackentasche und machte sich an dem BMW zu schaffen!

Billy war fassungslos – da versuchte doch jemand „sein" Auto zu knacken und mit dem Geld zu verschwinden! Das musste und würde er verhindern! Dieses Problem brauchte eine schnelle Lösung.

Der fremde Mann griff in seine linke Hosentasche, nahm ein Smartphone in die Hand und tat zumindest so, als würde er telefonieren. Das sollte wohl eine Ablenkung sein und harmlos wirken.

Doch er hatte nicht mit Billy gerechnet. Der legte sich seine Jacke über den linken Arm und hielt die Pistole verdeckt schussbereit.

Langsam und möglichst unauffällig näherte er sich dem vermeintlichen Autoknacker. Dieser wurde auf Billy erst aufmerksam, als es für ihn zu spät war.

„Na, mein Freund, kann ich dir helfen bei dem, was du da gerade versuchst?", fragte er freundlich lächelnd, obwohl gerade das bei seinem demolierten Gesicht nicht gelang.

Mit diesen Worten trat er direkt neben den Mann und tat so, als hätte er einen alten Freund getroffen. Das war natürlich alles nur Show für eventuelle Zuschauer dieser Szene.

Der Autoknacker zuckte zusammen, drehte sich nach dem Mann aus dem Audi, holte tief Luft und wollte etwas sagen, doch wurde er von Billy unterbrochen.

„Bevor du auf blöde Gedanken kommst, das was du in meiner linken Hand siehst, ist kein Spielzeug!" Mit diesen Worten lüftete er seine Jacke etwas an. Dadurch konnte der Autoknacker die Pistole sehen.

Dieser sah in Billys Gesicht und ihm war sofort klar, dass dies kein Spiel war. „Bist du alleine?", war Billys nächste Frage. Der Autoknacker nickte nur.

„Warum gerade dieses Auto?" „Ein großer BMW mit so vielen Sachen auf der Rückbank...", mehr brauchte der Mann nicht zu sagen. „Hast du ein Auto hier?", wurde er von Billy gefragt. Dieser wurde langsam doch etwas nervös.

Das alles hier dauerte ihm zu lange, denn Udo konnte schließlich jeden Moment wieder hier erscheinen. Der Mann nickte.

„Es steht dahinten in der Ecke." Er deutete vorsichtig auf ein rotes Auto ganz am Rande des Parkplatzes.

Verdammt, dachte Billy, *das ist viel zu weit weg. Ich muss ihn notgedrungen zu mir ins Auto nehmen und ihn dann später irgendwie los werden.*

Zu dem Mann sagte er: „Los, geh da vorne rüber zu dem weißen Audi. Setz dich nach hinten auf die Rückbank und halte einfach die Klappe!"

Widerwillig und zögernd folgte der Mann diesen Anweisungen. Als sie dann beim Auto ankamen, öffnete er hinten die Tür, beugte sich hinein und wollte den Mann hinter sich schon fragen, was der Quatsch denn soll, da durchfuhr ein stechender Schmerz seinen Kopf und es wurde dunkel um ihn.

Billy wusste genau, wie und wo er mit seiner Pistole zuschlagen musste, um einen Mann für lange Zeit außer Gefecht zu setzen.

In dem Moment, als der Autoknacker zusammensackte, bekam er von Billy einen starken Stoß, so dass er fast ausgestreckt auf der Rückbank zu liegen kam.

Sofort machte der Mann aus dem Audi die Tür zu und sah sich noch einmal um. Danach steckte er die Pistole hinter den Hosenbund und zog sich seine Jacke an. Dann ging er zum Kofferraum, nahm eine alte Decke heraus und deckte den bewusstlosen Mann damit zu.

Danach schaute er sich nach allen Seiten um, aber es war absolut nichts Auffälliges zu sehen.

Einige Leute gingen mit den vollen Einkaufswagen zu ihren Autos, andere kamen, parkten ihre Wagen und gingen dann in das Einkaufszentrum. Es war das normale Treiben auf so einem Parkplatz und von Udo war auch noch nichts zu sehen.

Auf dem Weg zu Udos Auto war ein Mülleimer, in dem Billy vorhin etwas gesehen hatte, was er jetzt gut gebrauchen konnte, eine leere Flasche Wodka.

Diese Flasche nahm er, nicht ohne sich vorher nach allen Seiten umzusehen und steckte sie ganz schnell unter seine Jacke. Damit ging er zurück zu seinem Audi.

Nachdem er sich davon überzeugt hatte, dass der Autoknacker sich noch nicht rührte, legte er ihm die Flasche, so gut es ging, in eine Hand.

Jeder unbeteiligte Beobachter musste jetzt glauben, dass dieser Mann seinen Rausch ausschläft.

So, dachte Billy. *Dieses Problem wäre gelöst und jetzt Udo, bist du dran! Komm endlich wieder raus, dann haben wir es bald hinter uns!* Er setzte sich wieder in sein Auto.

Billy beobachtete den Eingang des Zentrums und wartete. Das Warten würde bald ein Ende haben, aber anders als er sich das vorstellte!

In der nächsten Reihe hinter ihm, nur vier parkende Autos weiter, saß Ute, eine schwangere Frau. Ihr Auto hatte getönte Scheiben, sodass man von außen schlecht erkennen konnte, ob jemand darin saß. Da es ihr momentan nicht gut ging, war ihr Mann alleine zum Einkaufen gegangen.

Wie das Schicksal es wollte, hatte Ute gerade in dem Moment zu Billy hingesehen, als dieser den Autoknacker mit der Pistole niederschlug und dann seine Waffe einsteckte.

Sie sackte in ihrem Sitz förmlich zusammen und griff zum Handy um die Polizei zu alarmieren. Dazu beschrieb sie den Mann so gut sie konnte und gab auch das Kennzeichen von dem Auto durch.

Bei der Polizei nahm man ihren Anruf sehr ernst und gab Ute zu verstehen, dass sie sich ruhig und abwartend verhalten sollte. Es würde sofort ein Wagen mit Beamten in Zivil losgeschickt. Diese wollten dann unauffällig Verbindung mit ihr aufnehmen. Ute beendete den Anruf und blieb im Auto sitzen.

Anschließend starrte sie die ganze Zeit wie gebannt auf das Auto von Billy.

Sie war darauf so fixiert, das sie fast zu Tode erschrak, als jemand an ihre Fensterscheibe klopfte. Es war eine Frau und Ute ließ die Fensterscheibe runter.

„Hallo, mein Name ist Hoffmann und ich bin von der Polizei. Sie hatten angerufen wegen eines Mannes mit einer Waffe?" Gleichzeitig mit diesen Worten zeigte sie der schwangeren Frau ihren Dienstausweis.

Ute atmete tief durch. „Haben Sie mich aber jetzt erschreckt!", sagte sie. „Ich hatte nicht damit gerechnet, dass die Polizei so schnell hier sein würde!

Ja, es stimmt, ich habe angerufen und es geht dabei um den Mann da vorne in dem Audi. Ich musste zufällig mit ansehen, dass dieser Mann einen anderen mit einer Pistole niederschlug. Übrigens sieht der Mann in dem Audi selber so aus, als wäre er in eine Schlägerei geraten.

Dann ging er dort vorne zum Papierkorb, nahm eine Flasche heraus, mit der er dann wieder zum Auto ging. Was er dort gemacht hat, konnte ich nicht sehen."

Diese Worte sprudelten bei Ute vor Aufregung nur so heraus und sie musste jetzt tief Luft holen. „Das haben Sie gut gemacht", wurde sie von der Polizistin gelobt.

In diesem Moment klingelte das Handy von Frau Hoffmann. Sie hörte einen Augenblick zu und sagte dann: „OK, so machen wir das!"

Zu Ute gewandt meinte sie dann: „Das war mein Kollege. Er ist gerade mit einem Einkaufswagen an dem Audi vorbei gegangen und konnte einen Blick auf die Rückbank werfen. Er hat Ihre Angaben bestätigt und wir warten noch einen Augenblick auf zwei weitere Kollegen und dann müssen wir ganz schnell handeln, denn es wird immer voller auf dem Parkplatz und wir wollen nicht auch noch unbeteiligte Personen gefährden!"

Nach einem Blickkontakt mit ihrem Kollegen und einem prüfenden Rundumblick meinte Frau Hoffmann zu Ute: „Bleiben sie bitte im Auto sitzen und schließen Sie das Fenster. Wenn später alles vorbei ist, werden wir noch ihre Aussage als Zeugin brauchen."

Ute nickte nur, schloss das Fenster und wartete dann gespannt bis in die letzten Haarspitzen auf das, was da draußen geschehen würde!

Wer konnte schon von sich behaupten, einmal so einer Polizeiaktion aus der Nähe beigewohnt zu haben?

Davon konnte sie später noch ihrem, bis jetzt ungeborenen, Baby erzählen!

Es ging dann alles viel schneller als Ute es sich vorgestellt hatte. Dabei hatte sie sie von der Polizistin und ihrem Kollegen nichts mehr gesehen.

Dafür kam ein Pärchen, beide Anfang bis Mitte dreißig, sie war sehr hübsch und hatte lange dunkelblonde Haare. Das einzig Auffällige an ihm war sein kräftiger und gut sichtbarer Bauch.

Dieses Paar unterhielt sich laut und gestenreich. Die beiden blieben zufällig direkt hinter dem Kofferraum des weißen Audis stehen.

Der Mann schob bis jetzt den Einkaufswagen, aber die Frau stellte sich auf einmal so davor, dass er nicht weiterfahren konnte.

„Weißt du, was du für mich bist?" schrie sie ihn an. Demonstrativ zeigte sie ihm den ausgestreckten Mittelfinger der rechten Hand. Ihr Begleiter stieß den Einkaufswagen mit aller Kraft von sich und ging scheinbar auf die Frau los. Diese wollte zur Seite springen, aber das war nicht nötig.

Der Mann hatte den Einkaufswagen in die falsche Richtung gestoßen, denn der knallte nun mit voller Wucht gegen den Audi und zerstörte das Rücklicht auf der linken Seite.

Der eine Mann starrte auf das, was er angerichtet hatte und der andere, Billy, zuckte zusammen, als es knallte und klirrte.

Er stieß seine Fahrertür auf und sprang, so schnell es sein lädierter Arm zuließ, aus dem Auto.

Dann fing er an zu brüllen: „Was macht ihr beiden Idioten denn da?"

Billy wollte noch etwas sagen, aber dazu kam er nicht mehr. Von hinten ertönte nämlich eine männliche Stimme: „Polizei! Bleiben Sie ruhig stehen und nehmen Sie die Hände über den Kopf!"

Billy zuckte zusammen, drehte sich um und sah zwei Polizisten, die ihre Waffen auf ihn gerichtete hatten.

Es waren Frau Hoffmann und ihr Kollege. Billys linke Hand bewegte sich langsam in Richtung der verdeckten Pistole.

„Lassen Sie ihre Hände weg vom Körper!", kam da von Frau Hoffmann die klare Ansage.

„Drehen Sie sich langsam um und legen Sie die Hände auf das Autodach!", war der nächste Befehl.

Unter normalen Umständen hätte Billy alles versucht zu entkommen, wobei es ihm auf ein Menschenleben nicht angekommen wäre. Aber mit einem Arm, den er kaum gebrauchen konnte und einem Auge, das jetzt ganz geschlossen war, sah er für sich keine Chance.

Außerdem merkte er jetzt, als er sich langsam zum Auto drehte, dass dieses streitbare Pärchen auch Waffen auf ihn gerichtet hatte. Das waren also auch Polizisten, welche dieses perfekte Schauspiel abgeliefert hatten! Er legte die Hände auf das Autodach, wobei ihm der rechte Arm Probleme bereitete, und stellte sich breitbeinig an das Auto.

Ein Streifenwagen und ein Rettungswagen kamen jetzt auf den Parkplatz gefahren und hielten unweit von Billys Auto. Die Polizisten stiegen aus, während die Sanitäter noch im Wagen sitzen blieben.

Von dem Paar, das den Streit nur gespielt hatte, in Schach gehalten, wurde er von Frau Hoffmanns Kollege durchsucht. Dabei fand dieser ein Messer, einen Schlagring und natürlich die Pistole. „Sieh mal an, eine Pistole! Haben Sie dafür einen Waffenschein?", wollte der Polizist wissen.

Dieser sah ihn nur giftig an und knurrte etwas total Unverständliches.

Der Polizist untersuchte die Waffe und stellte fest, dass drei Kugeln aus dem Magazin fehlten.

Als er an der Mündung gerochen hatte, war ihm sofort klar, aus dieser Waffe war vor kurzem geschossen worden!

Er holte eine Plastiktüte aus seiner Jackentasche und legte die Pistole hinein. Mit einem vielsagenden Blick gab er die Tüte seiner Kollegin.

„Ich bin mal gespannt, was die Kollegen von der Ballistik uns zu dieser Waffe sagen können!", meinte er mit einer Vorahnung. Dann legte er Billy die Handschellen an und erst jetzt durften die Sanitäter in das Auto und sich um den immer noch bewusstlosen Autoknacker kümmern.

Billy grübelte und fragte sich immer wieder: *Wie konnte das passieren? Was habe ich falsch gemacht? Wer hat mich verpfiffen? An allem ist nur der verdammte Udo schuld! Der Teufel soll ihn holen!*

In diesem Moment geschahen zwei wichtige Dinge gleichzeitig.

Udo kam mit seiner Tasche aus dem Einkaufszentrum und blieb wie angewurzelt vor der Tür stehen.

Er sah die Polizisten, einen Krankenwagen und die mittlerweile nicht unbeträchtliche Menschenansammlung. Das kam ihm alles so bekannt vor und er dachte im ersten Moment: *Die sind wegen mir da! Was soll ich nur tun?* Aber er sah auch, dass Billy in Handschellen abgeführt wurde.

Diese Aktion hatte also nichts mit ihm zu tun! Dass er trotzdem die eigentliche Hauptperson war, wusste er natürlich nicht!

So ging Udo langsam zu seinem Auto, öffnete die Beifahrertür und stellte die Tasche mit dem Geld auf den Boden. Danach blieb er am Auto stehen und tat so, als wäre er ein interessierter Zuschauer des Geschehens. Er dachte sich, dass es auffälliger wäre, einfach so wegzufahren. Darum reihte er sich in die Schar der Neugierigen ein, wenn auch nur für wenige Minuten.

Udo beobachtete noch, wie die Sanitäter einen Mann aus dem Auto holten, ihn auf eine Trage legten und dann in den Rettungswagen brachten. Udo wurde unruhig.

Er spürte, dass für ihn die Zeit gekommen war, sich von diesem Schauplatz zu entfernen.

Glücklicherweise hatte er ja in der ersten Reihe geparkt, deshalb konnte er nach vorne raus fahren, ohne Aufsehen zu erregen. Das tat er dann auch und fuhr langsam, einen großen Bogen um die Polizei machend, vom Parkplatz.

Udo verließ die Stadt so schnell und unauffällig wie möglich, fuhr wieder auf die Autobahn und weiter Richtung Norwegen in die große Freiheit, wie er meinte. Dass er nie frei sein würde, begriff er nicht und auch nicht, welchen Preis er dafür bezahlte!

Aber noch etwas anderes geschah in dem Augenblick, als Udo die Tasche mit dem Geld wieder in das Auto stellte.

Ein silberfarbener Mercedes fuhr auf den Parkplatz und blieb etwas abseits stehen. Das war eigentlich ohne Bedeutung, aber nicht für Udo, bloß wusste dieser natürlich nichts davon.

Am Steuer saß eine sehr attraktive Frau, Mitte 30, mit langen braunen Haaren und ebensolchen braunen Augen. Ihr Name war Gabriela.

Sie stieg aus, blieb bei geöffneter Tür am Auto stehen und beobachtete genau, was sich da nicht weit von ihr entfernt abspielte.

Sie war die Person, welche das Geld von Billy übernehmen sollte. Da sie Billy nicht persönlich kannte, hatte Gabriela von ihrem Boss eine Beschreibung von Billy und seinem Auto bekommen.

Gabriela machte gut bezahlte Botendienste für ihren Boss. Mal brachte sie versiegelte Briefumschläge von A nach B, die sie fast immer persönlich übergeben musste. Das gleiche geschah mit Päckchen und Paketen. Ab und zu beförderte sie auch Personen, aber das war die Ausnahme. Gabriela wusste nie, was oder wen sie beförderte und sie wollte es auch nicht wissen. Zuviel Wissen konnte sehr gefährlich werden! Sie hielt den Mund und stellte keine Fragen.

Dafür wurde sie sehr, sehr gut bezahlt! Offiziell war sie Außendienstmitarbeiterin einer Import und Exportfirma mit Sitz in Hamburg genau wie ihr älterer Bruder Sören. Dieser hatte einen ähnlichen Job wie sie.

Dabei hielten die Geschwister es so, dass keiner von dem anderen genau wusste, was er tat. So konnten die beiden sich ganz unauffällig in Norddeutschland bewegen.

Obwohl Gabriela nur eine kleine Nummer in dem ganzen System war, hatte sie im Lauf der Jahre viel erfahren und sich das Vertrauen ihres Chefs erarbeitet, im wahrsten Sinn des Wortes. Zu dieser Arbeit gehörten nämlich auch immer wieder ein paar amouröse Stunden im Schlafzimmer mit ihrem Boss!

Darum war sie eine Person, die mehr wusste, als vielleicht gut für sie war! Ihr Boss leitete nämlich eine ziemlich große Organisation, die sich über ganz Deutschland erstreckte!

Diese Organisation beschäftigte sich mit allen möglichen Arten von Verbrechen: Drogen, Prostitution, Schmuggel und Geldwäsche. Erpressung, aber auch Handel mit Organen, illegale Spielhöllen, Waffenhandel und noch einiges mehr gehörten zu den „erfolgreichen" Geschäften von ihrem Boss!

Wer bei dieser „Arbeit" versagte oder den Mund nicht halten konnte, für den war schon ein Platz auf dem Friedhof reserviert!

Gabrielas Boss hatte seine eigene Art, und auch die Leute dafür, sich unliebsamer Versager und Mitwisser zu entledigen!

Gabriela musste wegen eines Auftrages zufällig in Flensburg übernachten. Sie hatte sich gerade zum Frühstück hingesetzt, da rief ihr Boss an und gab ihr die Anweisung, zum Einkaufszentrum zu fahren und von einem Mann, der mit einem weißen Audi auf dem Parkplatz stehen würde, einen kleinen Koffer oder eine Tasche zu übernehmen und diese unverzüglich nach Hamburg zu bringen.

Der Boss gab ihr das Kennzeichen des Wagens durch und eine Beschreibung von dem Mann. Zusätzlich bekam sie noch eine extra Anweisung.

Gabriela sollte sich Billy vorsichtig nähern und ihn mit dem Erkennungssatz: „Der Boss lässt Billy grüßen!" ansprechen. Damit wäre dann sicher gestellt, dass alles seine Richtigkeit hatte.

Jetzt stand sie auf dem Parkplatz und musste mit ansehen, dass genau dieser Mann von der Polizei abgeführt wurde.

Irgendwas musste gründlich schiefgelaufen sein! Um zu wissen, wie es jetzt weitergehen sollte und um auf der sicheren Seite zu sein, rief Gabriela sofort ihren Boss an.

Sie schilderte ihm die Situation und wollte wissen, wie sie sich verhalten sollte. Dieser war außer sich vor Wut und schimpfte über

Billy in einer Art und Weise, die sogar für Gabriela neu war!

„Hast du gesehen, ob die Polizei bei Billy einen Koffer oder eine Tasche sichergestellt hat?" wollte der Boss von ihr wissen. „Nein, da war nichts dergleichen", war ihre Antwort.

„Bist du dir da ganz sicher?" hakte der Boss noch einmal nach. „Ich bin mir sicher, denn von hier kann ich alles gut überblicken."

„Dann pass auf! Kannst du irgendwo auf dem Parkplatz einen großen, dunkelblauen BMW mit einem Kennzeichen aus Hannover sehen? Vielleicht sitzt ein Mann darin mit schwarzer Jacke und kurzen dunklen Haaren."

„Und ob ich den gesehen habe! Der ist gerade an mir vorbei gefahren und verlässt den Parkplatz!"

Gabriela konnte förmlich spüren, wie ihr Boss vor Wut zu platzen drohte.

„Da hat Billy also total versagt! Jetzt hör gut zu! Du hängst dich an den BMW dran und verlierst ihn nicht aus den Augen. Egal wohin er fährt oder wie lange es dauert. Stell dich nicht so dämlich an wie Billy und verlier den BMW nicht aus den Augen. Bleib ständig mit mir in Kontakt und halte mich auf dem Laufenden!" Gabriela war perplex, murmelte: „OK!" und setzte sich ins Auto.

Sie wollte noch sagen, dass sie so etwas noch nie gemacht hatte und überlegte es sich im letzten Moment doch anders.

Bei der schlechten Laune, die ihr Boss jetzt hatte, konnte man nie wissen, wie er reagierte.

Gabriela startete ihr Auto und beeilte sich, hinter Udo herzukommen.

Dieser hatte den Parkplatz nach links verlassen und Gabriela fädelte sich hinter einem anderen Auto ein, welches einen Puffer zwischen ihr und Udo bildete.

Für sie war das ein seltsames Gefühl, anderen Leuten zu folgen war schon etwas Besonderes! Ihr Bruder Sören hatte so etwas schon öfter gemacht und ihr davon erzählt.

Wenn Gabriela gewusst hätte, dass sie auch einmal in so eine Situation kommen würde, dann hätte sie sich von Sören einige Tipps geben lassen.

So blieben ihr nur der gesunde Menschenverstand und die Erinnerung an alles, was sie in Filmen gesehen und in Büchern gelesen hatte.

Solange ein Auto zwischen ihr und Udo war, hatte sie keine Probleme.

Der Abstand zu Udo war klein. Sie konnte ihn nicht aus den Augen verlieren und war sich trotzdem sicher, dass er sie nicht bemerkte.

Als das Auto abbog, war Gabriela plötzlich direkt hinter ihm.

Sie ließ sich zurückfallen, damit eine Lücke zwischen ihnen entstehen konnte, genauso, wie sie es im Film gesehen hatte.

Gabriela hatte aber nicht damit gerechnet, dass dadurch eventuell ein anderes Problem auf sie zukam.

Udo fuhr nämlich auf eine Kreuzung zu, deren Ampel schon gelbes Licht anzeigte. Noch während er die Ampel passierte, sprang diese schon auf rot um. *Ach du scheiße!* dachte Gabriela hinter ihm und gab Gas, um den Kontakt nicht zu verlieren.

Sie schaffte es tatsächlich, ohne Unfall über die Kreuzung zu kommen.

Das war aber wirklich nicht ihr Verdienst, denn die Reaktionen der anderen Autofahrer ließ nichts zu wünschen übrig. Über Vollbremsung oder gar nicht erst anfahren, bis hin zum hupen, Scheibenwischer machen oder Mittelfinger zeigen, war alles dabei!

Gabriela war schweißgebadet, als sie die Kreuzung überquert hatte und hoffte, dass der von ihr verfolgte Udo nicht aufmerksam geworden war. Vor wenigen Minuten war ihr dieser Auftrag noch sehr interessant und abwechslungsreich erschienen.

Da hatte sie aber nicht mit so einer haarsträubenden Aktion gerechnet! Mit einem spannenden Film hatte das nichts mehr zu tun, sie hatte gerade real ihr Leben riskiert!

Gabriela hatte gehandelt, ohne sich darüber im Klaren zu sein, was alles hätte geschehen können. Das wurde ihr aber erst jetzt richtig bewusst! Sie verfluchte ihren Auftrag und erst recht ihren Boss!

Am liebsten würde sie ihn anrufen und klar machen, dass sie für solche Aktionen nicht geschaffen war.

Da ihr der Allerwerteste auf Grundeis ging und sie immer noch vor Angst zitterte, beschloss Gabriela, dass sie ab sofort mehr auf ihr Leben achten würde, als auf diesen Trottel Udo vor ihr im Auto. Dieses bisschen Leben war ihr nämlich kostbar, lieb und teuer!

Im letzten Moment, sie wollte gerade die eingespeicherte Nummer wählen, widerstand Gabriela der Versuchung, ihren Boss anzurufen denn, wie gesagt, sie hing an ihrem Leben!

Sie konzentrierte sich jetzt wieder voll auf den vor ihr fahrenden Udo und hoffte, dass sie so eine brenzlige Situation nicht noch einmal erleben würde! Gabriela hatte Glück, denn die Fahrt dauerte nur noch wenige Minuten und dann fuhr Udo auf die Autobahn.

Gabriela rief ihren Boss an: „Der Mann fährt auf die Autobahn", erzählte sie ihm, immer noch angefressen von dem, was sie vor einigen Minuten erlebt hatte.

„In welche Richtung?", wollte ihr Boss sofort wissen.

„In Richtung dänische Grenze", antwortete Gabriela. „Er scheint es sehr eilig zu haben, um von hier wegzukommen!"

„Bleib bloß an ihn dran! Hast du verstanden? Solltet ihr die dänische Grenze passieren, dann ruf mich an!"

„Ja, ja", antwortete Gabriela, beendete das Gespräch und gab sich Mühe, an Udo dran zu bleiben, ohne dass dieser es merkte.

Sie konnte nicht ahnen, dass sie mit ihrer Vermutung recht hatte!

Udo war wirklich daran interessiert, Flensburg und damit auch Deutschland schnellstmöglich mit allem hinter sich zu lassen! Irgendwelche Verkehrsregeln gab es für ihn nicht, schon gar nicht, was die Geschwindigkeit betraf.

Gas geben und weg, das war sein Motto! Zwei Gründe beflügelten ihn: einmal war da die Fähre nach Norwegen, welche er auf keinen Fall verpassen wollte. Zum anderen war es die unerwartete Nähe der Polizei.

Vorhin auf dem Parkplatz war ihm klar geworden, dass ihm die Polizei jederzeit wieder gegenüber stehen konnte!

Auch wenn Udo weiter davon ausging, dass die ganze Aktion nichts mit ihm zu tun hatte, war ihm die Nähe der Polizei so unangenehm, dass seine Angst- und Fluchtgedanken wieder in den Vordergrund traten.

Was macht die Polizei nur mit mir, wenn sie mich mit meinem Geld erwischt? war ein Gedanke von ihm. *Lebend kriegen die mich nicht! Vielleicht erschießen sie mich ja, wenn ich vor ihnen fliehe!* Diese Gedanken rotierten in seinem Kopf immer wieder.

Da waren sie wieder, seine depressiven, ja fast selbstmörderischen Gedanken!

Alles drehte sich für ihn nur noch um das Geld. Falsch, nicht einfach um das Geld, sondern nur noch um sein Geld!

Habe ich überhaupt eine reale Chance mit meinem Geld ein neues Leben anzufangen? fragte Udo sich auf einmal und gab sich selbst auch gleich die Antwort: *Ja, die habe ich, denn wer genug Geld hat, der kann alles erreichen!*

Geld verdirbt den Charakter! Diesen Spruch hört man immer wieder. Traf er auch auf Udo zu? In gewisser Weise schon, denn seine Gedanken wurden ganz erheblich von seiner kranken Psyche beeinflusst. Leider war es so, dass er es nicht bemerkte, bemerken konnte!

Udo befand sich in einem Tunnel und das Geld suggerierte ihm das Licht an dessen Ende. Dass dort aber kein Licht, sondern ein tiefes Loch war, in das er zu fallen drohte, ahnte er nicht! So fuhr er so schnell wie möglich dem Licht entgegen.

Nur beim überqueren der kaum sichtbaren deutsch-dänischen Grenze nahm er den Fuß vom Gas. Ansonsten interessierten ihn die vorgeschriebenen 110 km/h nicht. Hinter Kolding wurde das Wetter schlagartig schlechter.

Es fing an zu regnen und die Bäume bogen sich unter dem Wind, der den Regen durch ihre Äste peitschte. Udo verfluchte dieses Wetter, weil er dadurch zwangsweise mit seiner Geschwindigkeit herunter gehen musste.

Gabriela hinter ihm erging es mit dem Wetter natürlich genauso. Inzwischen hatte sich auch noch ein Auto vor sie gesetzt. Auf der einen Seite war das für sie nicht schlecht, aber zu dem ohnehin schon starken Regen, kam jetzt auch noch das hochspritzende Wasser von dem Auto vor ihr. Dadurch musste sie sich stark konzentrieren, um Udo nicht aus den Augen zu verlieren.

Langsam bekam Gabriela dadurch schon Kopfschmerzen und zu allem Überfluss rief auch noch ihr Boss an.

„Warum lässt du nichts von dir hören? Was ist los? Du sollst dich doch regelmäßig melden!", meckerte er durchs Telefon.

„Wenn etwas Besonderes geschehen wäre, dann hätte ich mich bei dir gemeldet. Wir fahren seit einer Stunde einfach auf der Autobahn weiter", gab Gabriela etwas genervt zurück.

„Lass nicht so viel Zeit verstreichen, bis du dich wieder meldest!", kam die Anweisung von ihrem Boss. Der hatte leicht reden! Er saß ja gemütlich in seinem Büro, konnte Anweisungen geben und warten.

Gabriela wurde immer neugieriger auf das, was Udo in einer Tasche, oder in einem Koffer durch Dänemark spazieren fuhr. Gesagt hatte es der Boss nicht, und bei seiner schlechten Laune traute sie sich nicht danach zu fragen. Nur eines war klar: es musste von großer Bedeutung für ihn sein!

Udo hatte natürlich andere Sorgen. Die Zeit schien für das pünktliche Erreichen seines Zielortes, Hirtshals mit seinem Fährhafen, immer knapper zu werden. Außerdem kam nun auch noch ein menschliches Problem hinzu.

Er musste auf die Toilette. Udo war jetzt zwischen Århus und Aalborg und es waren nur noch ca. 100km bis Hirtshals. Doch das war alles egal, er sehnte die nächste Abfahrt zu einer Raststätte herbei.

Diese kam dann auch fünf Minuten später. Es war ein großer Rastplatz mit Tankstelle. Udo fuhr dort auf den Parkplatz und ging, nein lief schon fast, in die Raststätte hinein. Jeder unbeteiligte Beobachter würde diese schnellen Schritte dem Wetter zuschreiben.

Auch für Gabriela war dieser unerwartete Zwischenstopp so etwas wie die Rettung in höchster Not. Ihre Tankanzeige wanderte langsam aber sicher in Richtung Null. Schließlich hatte sie so eine Verfolgungsfahrt nie gedacht.

Gabriela hatte sich schon im Geiste ausgemalt, wie ihr Boss reagieren würde, wenn sie ihn anrief, um ihm mitzuteilen, dass sie anhalten musste, um zu tanken und damit den vor ihr fahrenden Udo nicht weiter verfolgen könnte.

Jetzt hatte sie erst einmal eine Sorge weniger, denn sie konnte beobachten, wie Udo das Auto abstellte und dann in die Raststätte eilte. Gabriela nutzte die Gunst der Stunde und steuerte die nächste freie Zapfsäule an.

Sie konnte nun voll tanken und hoffte, dass Udo etwas länger in der Raststätte verweilen würde, damit sie auch wirklich das tanken beenden und hinterher auch bezahlen konnte.

Es geschah alles so, wie sie es sich wünschte. Der Tank war voll, Udo war noch nicht heraus gekommen und sie konnte jetzt hinein gehen und mit ihrer Kreditkarte bezahlen.

Erst als sich die Eingangstür hinter ihr geschlossen hatte, merkte Gabriela, wie kalt ihr geworden war. Ihr fehlte einfach die passende Kleidung. Sie hatte nur einen kleinen Koffer mit den nötigsten Sachen dabei und war auf Sturm und Regen nicht vorbereitet.

Auf dem Weg zur Kasse zog sie die bewundernden Blicke der anwesenden Männer auf sich, denn was Gabriela als falsche Kleidung empfand, war für die Männer eine Augenweide. Eine hübsche Frau im sexy Outfit, da lohnte sich schon ein genaues Hinsehen!

Sie nahm sich noch ein belegtes Sandwich und eine große Flasche Wasser. Noch während sie bezahlte, kam Udo aus der unteren Etage, wo die Toiletten waren.

Zum ersten Mal sah Gabriela den von ihr verfolgten Mann in voller Lebensgröße und aus der Nähe.

Er war jemand, auf den sie unter normalen Umständen keinen einzigen Blick verschwendet hätte. Er war ein unauffälliger Mann, der aber nicht mal so schlecht aussah.

Das einzige und wirklich besondere an Udo waren die großen, traurigen Augen, von denen sich Gabriela mit Gewalt losreißen musste, um nicht aufzufallen.

Aber sie brauchte sich keine Sorgen zu machen, denn Udo war wohl der einzige Mann, der keinen Blick für sie übrig hatte.

Sein einziger Gedanke war nur: schnell hier raus, ab ins Auto und weiter fahren! Darum sprintete er durch den Regen zu seinem Auto, setzte sich rein und fuhr wieder los. Gabriela schaffte es nicht, hinter ihm zu bleiben. Als sie auf die Autobahn fuhr, musste sie drei andere Autos passieren lassen, welche sich nun zwischen ihr und Udo befanden.

Sie überholte schnellstmöglich zwei von den drei Autos, damit sie dann noch jemanden zwischen sich und den Verfolgten hatte.

Ungefähr 30 Min. später kamen die beiden in Aalborg an und mogelten sich durch den Großstadtverkehr, wobei Gabriela richtig ins Schwitzen kam, da sie Udo nicht aus den Augen verlieren und so eine Situation wie in Deutschland nicht mehr erleben wollte!

So unentschlossen und zögerlich Udo auch manchmal war, jetzt ging ihm nur ein Gedanke durch den Kopf: *Ich muss die Fähre erreichen! Ich muss! Drüben wartet ein neues Leben in Freiheit auf mich!*

Mit „drüben" war natürlich sein Norwegen gemeint. Ihm kam überhaupt nicht in den Sinn, dass die polizeilichen Ermittlungen vor europäischen Grenzen keinen Halt machen!

Da gab es aber noch jemanden, der alles daran setzen würde, dass Geld wieder in seine Hände zu bekommen. Doch davon ahnte Udo immer noch nichts.

Jetzt hatten Gabriela und Udo Aalborg hinter sich gelassen. Während dieser sauer war, dass die Fahrt durch die Stadt so lange gedauert hatte, nutzte Gabriela die momentan freie Fahrt, um ihren Boss anzurufen.

„Wir haben Aalborg hinter uns gelassen und fahren weiter auf der Autobahn", meldete sie kurz angebunden.

„In welche Richtung fahrt ihr?", wollte ihr Boss wissen.

„Keine Ahnung! Ich kenne mich doch nicht aus und die Städte haben alle so komische, unaussprechliche Namen! Auf dem Schild, welches ich gerade da vor mir sehen kann, stehen zum Beispiel die Namen Bronderslev,

Hjorring, Hirtshals …" weiter kam Gabriela nicht.

„Hirtshals? Das sagst du erst jetzt?" Der Boss brüllte so laut ins Telefon, dass Gabriela zusammenzuckte.

„Hirtshals ist der Fährhafen nach Norwegen, dahin will der Kerl abhauen! Dieser Drecksack, dieser Mistkerl und dann noch mit meinem Eigentum! Als ob er wüsste, dass da oben keiner für mich arbeitet! Aber ich habe ja dich. Du bleibst auf Biegen und Brechen an ihm dran und folgst ihm, wohin er fährt, auch wenn es quer durch Norwegen geht bis zum Nordkap! Ist das klar?"

Gabriela war durch das Gehörte so geschockt und abgelenkt, dass sie fast in die Leitplanken gefahren wäre. Im letzten Moment konnte sie noch das Lenkrad herum reißen. Dadurch geriet ihr Mercedes ins Schlingern. Bis sie das Auto wieder unter Kontrolle hatte, vergingen einige bange Augenblicke. Durch die gerade ausgestandenen Ängste, war sie in Schweiß gebadet und ihre Kleidung klebte an ihrem Körper. Das empfand sie als absolut widerlich.

„Gabriela, was ist los? Antworte gefälligst!" schallte es durchs Telefon. „Wegen dir hätte ich beinahe einen Unfall gebaut!

Was heißt hier Norwegen? Ich kenne mich da noch weniger aus als hier in Dänemark und ich habe nichts dabei, was man für so einen Aufenthalt braucht. Kalt soll es da auch sein. Ich kann nicht einmal meine Kleider komplett wechseln."

„Typisch Frau, immer über zu wenige Klamotten jammern! Dann kauf dir welche. Wenn es in Hirtshals keine Möglichkeit für dich gibt, dann hast du auf dem Schiff genügend Shops, um dich mit allem einzudecken. Damit es dir leichter fällt, überweise ich dir gleich noch 20 000 Euro! Stell dir vor, alles, was du jetzt machst, ist eine gut bezahlte Urlaubsreise. Vielleicht kannst du ja sogar die persönliche Bekanntschaft von Udo machen. Du bist doch nicht auf den Kopf gefallen. Lass deinen Charme und deine körperlichen Reize spielen und rede ihn an. Es muss natürlich alles unverfänglich und wie ein Zufall wirken."

Gabriela blieb die Luft weg. „Ich...ich", stotterte sie ins Telefon.

„Ja, du...du", machte ihr Boss sie am Telefon spöttisch nach.

„Wenn du seine Bekanntschaft gemacht hast, dann versuchst du alles, die Tasche oder den Koffer mit meinem wertvollen Eigentum an dich zu bringen.

Dann machst dich damit auf den direkten Weg nach Hamburg! Wenn dir das gelingt, habe ich noch eine besondere Prämie für dich!"

In Gabrielas Augen standen schon die Dollarzeichen. Für viel Geld war sie bereit, fast alles zu tun.

„Dann musst du mir aber auch endlich sagen, wonach ich suchen soll, das weiß ich nämlich immer noch nicht."

„In einem Koffer, einer Tasche oder was auch immer, hat Udo sehr viel Geld, welches mir gehört. Wenn du seine Bekanntschaft gemacht hast, wirst du die Gelegenheit haben, danach zu suchen. Darum sollst du mit deinem Geld auch nicht geizen, damit bei ihm nicht der Eindruck entsteht, dass du jemanden suchst, der dich aushält. Ist jetzt alles klar oder hast du noch Fragen?"

Gabriela musste erst einmal begreifen, was ihr Boss da von ihr verlangte. Ihre Gedanken wirbelten durcheinander und blieben immer wieder an einem bestimmten Punkt hängen: an der besonderen Prämie, ohne zu wissen was das für eine Prämie war oder wie hoch sie sein würde, denn es musste sich ja schließlich um viel Geld handeln.

„O.K. Boss. Ich weiß nicht wie lange es dauert, aber ich werde es schaffen!"

„Kluges Kind, ich habe nichts anderes von dir erwartet. Aber es darf nicht zu lange dauern, denn ich brauche das Geld", meinte dieser und trennte die Verbindung.

Langsam wird sie zu einem Problem, dachte der Boss. *Sie weiß mehr, als für mich gut ist.* Sein Gesicht verzog sich zu einem Grinsen. *Wenn sie wieder hier ist und ihren Auftrag erledigt hat, werde ich sie meistbietend versteigern!*

Er lachte jetzt leise vor sich hin. Dieser Gedanke gefiel ihm sehr!

Das würde er auch wörtlich nehmen, denn er hatte zwei Kunden, einer kam aus Litauen und einer aus Marokko, die beide einen Narren an Gabriela gefressen hatten. Sie war zwar nicht mehr die Jüngste, aber wirklich hübsch, sexy und hatte eine tolle Figur.

Einer von den beiden Männern hätte dann das große Los gezogen und konnte sich noch einige Zeit mit Gabriela und ihrer Traumfigur vergnügen.

Er, der große Boss im Hintergrund, hätte einen zufriedenen Kunden mehr und auch gleichzeitig ein Problem weniger!

Der Boss ging zu seiner Schrankbar, goss sich einen Whisky ein und prostete sich im Spiegel mit einem selbstgefälligen Grinsen zu.

Gabriela hatte jetzt auch weiter keine Zeit, sich über das Gehörte noch mehr Gedanken zu machen. Sie musste an Udo dran bleiben und der fuhr bei diesem Sauwetter wie ein Irrer!

Außerdem, wer garantierte denn, dass er wirklich nach diesem komischen Hirtshals fuhr? Auch wenn die Wahrscheinlichkeit groß war, dass der Boss mit seiner Vermutung recht behielt, bestand doch immer noch die Möglichkeit, dass Udo vorher abbog und ein anderes Ziel hatte.

Dieser Udo würde alles dafür geben, wenn er schon in Hirtshals am Hafen wäre. Doch das konnte die hinter ihm fahrende Gabriela natürlich nicht wissen.

Udo sah nur zwei Dinge: erstens, die vor ihm fahrenden Autos, welche überholt werden mussten, da sie für sein Gefühl alle zu langsam fuhren und zweitens die Schilder nach Hirtshals, welche die Entfernung dorthin anzeigten – 40km, 30km, 15km.

10km vor der Stadt wurde dann aus der Autobahn eine Schnellstraße und 5km weiter aus der Schnellstraße eine Bundesstraße. Dadurch ging es noch langsamer vorwärts, da auf der Straße nun auch viele LKWs unterwegs waren. Da es auch viel Gegenverkehr gab, konnte Udo nur wenige überholen.

Ihm fiel ein Stein vom Herzen, als er das Ortseingangsschild vor sich sah, zumal es noch nicht einmal 12:00 Uhr war.

Dann konnte er von oben endlich den Fährhafen sehen und verspürte eine unvorstellbare Erleichterung, als er sah, dass noch alle Autos auf die Einschiffung warteten. Das war aber auch kein Wunder, denn es war noch kein Schiff zu sehen.

Darum fuhr Udo auch direkt zum Terminal und nicht zu einem der beiden geöffneten Check in Schalter. Er hätte die Überfahrt mit seiner Karte ja nicht bezahlen können, darum musste er noch Geld wechseln, weil er an den Schaltern mit Euros nicht bezahlen konnte. Das war nur im Terminal möglich.

Udo stellte seinen Wagen auf dem Parkplatz davor ab, steckte 600 Euro in seine Jackentasche und lief, auch durch den Regen angetrieben, schnell hinein.

Nachdem er den Terminal mit seiner großen Halle betreten hatte, blieb Udo erst einmal erstaunt stehen. Er sah sich in der Halle um und war sehr überrascht darüber, dass sich so viele Leute hier aufhielten. Die einen unterhielten sich, andere tranken Kaffee oder lasen irgendwelche Zeitungen. Das war nicht normal so kurz vor Abfahrt der Fähre!

Udos Blick suchte und fand den Wechselschalter. Er ging hin und tauschte 500 Euro in norwegische Kronen und die anderen 100 Euro in dänische Kronen um.

Als er das getan hatte, fragte er den Mann hinter dem Tresen, wann die nächste Fähre fahren würde und ob er gleich hier eine Überfahrt buchen könnte.

Udo wusste von früher, dass man in Dänemark und Norwegen mit einem Gemisch aus deutsch und englisch gut klar kommen konnte. So war es auch hier und ihm wurde mitgeteilt, dass die Fähre normalerweise um 12:45 Uhr ihre geplante Abfahrt hätte, aber durch den Sturm draußen auf dem Meer musste sie so langsam fahren, dass sie erst gegen 13:30 Uhr anlegen und um 14:15 Uhr die Fahrt nach Norwegen antreten würde.

Buchen konnte er die Überfahrt gleich am Schalter nebenan. Udo ging die paar Schritte weiter, um die Passage zu buchen.

Er war froh, dass von der Frau an dem Schalter kein Personalausweis verlangt wurde, denn er war auf die glorreiche Idee gekommen, die Personalien von einem ehemaligen Freund anzugeben. Als Udo aber das Kennzeichen von seinem Auto angeben sollte, geriet er ganz schön ins Schwitzen.

Denn das Kennzeichen kannte er, bis auf den Buchstaben „H" für Hannover, überhaupt nicht. Er verfluchte sich, dass er nicht eher daran gedacht hatte.

Die Frau an dem Schalter sah ihn etwas seltsam an, als er ihr klarmachte, dass er eben ganz schnell vor die Tür gehen müsse, da er das Kennzeichen immer vergessen würde.

Udo musste also schnell vor die Tür, nach dem Kennzeichen sehen und dieses dann angeben. Er buchte nur die einfache Überfahrt und bezahlte dafür 570 dänische Kronen.

Bevor er die Halle verließ, kaufte er in einem kleinen Shop noch einen Regenschirm, den er gleich auf den Weg zu seinem Auto einweihte.

Dann fuhr er zu einem der beiden Check in Schalter und zeigte dort seinen Buchungsbeleg vor. Er wurde angewiesen, sich in Reihe neun einzureihen. Udo fuhr dorthin und stellte sich als Letzter an und musste warten wie alle anderen auch.

Gabriela hatte sich auf den letzten Kilometern vor Hirtshals dicht an Udo herangearbeitet, sodass sie direkt hinter ihm gefahren war.

Auf der einen Seite war sie froh, dass Udo offensichtlich die Fähre nach Norwegen nehmen wollte. Auf der anderen Seite hatte Gabriela schon etwas Angst vor dem, was auf sie zukommen würde.

Sie war eine erfahrene Frau, die von einem Flugplatz zum nächsten jetten konnte, aber die Überfahrt mit einer Fähre machte ihr Angst! Sie war noch nie mit einem Schiff gefahren und dann sollte sie auch noch einen Mann in einem ihr völlig unbekannten Land verfolgen.

Das waren Gabrielas Gedanken, während sie Udo verfolgte. Als sie dann in Hirtshals ankamen, konnte sie einen Blick auf das Meer werfen.

Wellen mit weißen Schaumkronen waren zu sehen, während Gischt die Steine der äußeren Mole zu überwinden suchte.

Gabriela hatte auf einmal schweißnasse Hände und der ständige Druck in ihrem Magen verstärkte sich noch. Sie beschloss genau das zu tun, was der von ihr verfolgte Mann auch tat, denn er hatte ja wohl Erfahrungen mit Fährüberfahrten und sie war absolute Anfängerin auf diesem Gebiet.

Darum folgte sie Udo zum Terminal, parkte fast direkt hinter ihm und lief mit ihren hochhackigen Schuhen so schnell sie konnte durch Sturm und Regen hinter ihm her in das Gebäude.

Dort blieb sie erst einmal in Hörweite von Udo und machte das nach, was er vormachte: Geld umtauschen und Ticket buchen.

Da Gabriela jetzt sicher war, dass sie Udo nicht verlieren würde, folgte sie dem Hinweisschild zu einer kleinen Boutique in der ersten Etage des Terminals. Diese hatte keine große Auswahl. Gabriela fand dennoch etwas Brauchbares:

Eine passende Jeanshose, ein Paar bequeme Halbschuhe, zwei weiße T-Shirts und eine Regenjacke. Ein T-Shirt, die Hose und die Schuhe behielt sie gleich an. Dann warf sie sich auch noch die Jacke über und lief zum Auto.

Gabriela verließ den Parkplatz und fuhr zum Check in Schalter, zeigte dort die Buchungspapiere vor und musste sich in Reihe sieben ebenfalls als letztes Fahrzeug einreihen.

Lieber wäre ihr gewesen, sie hätte hinter Udo gestanden, aber auch von hier konnte sie ihn in seinem Auto sitzen sehen.

Als Gabrielas Handy klingelte, zuckte sie zusammen. Beim Blick auf die Nummer seufzte sie und verdrehte die Augen, es war nämlich ihr Boss.

„Gabriela, wo steckst du?" war seine erste Frage, nachdem sie das Gespräch, ungern, angenommen hatte.

„Ich bin in diesem blöden, kalten und verregneten Hirtshals und warte auf die Fähre nach Norwegen", antwortete sie.

„Warum meldest du dich dann nicht eher und wo ist Udo?"

„Der steht zwei Reihen weiter mit seinem Auto und ich kann ihn die ganze Zeit beobachten. Ich hätte dich auch später noch angerufen, aber ich hatte bis jetzt keine Zeit, da ich mir auch noch Klamotten für mich kaufen musste."

Ihr Boss schnappte laut hörbar nach Luft.
„Ich musste mir noch Klamotten kaufen! Typisch Frau! Dadurch wird alles andere unwichtig, was?" Die Fassungslosigkeit in seiner Stimme war deutlich zu hören.

„Nun beruhige dich mal wieder! Ich bin ja an ihm dran und werde auf der Fähre einen ersten Kontakt zu ihm aufnehmen! So ganz zufällig natürlich", versuchte Gabriela ihn zu beschwichtigen.

„Na gut", meinte der Boss. „Wenn du auf der Fähre heraus bekommst was er vorhat, dann melde dich sofort!" Die letzten Worte sprach er mit laut erhobener Stimme und dann wurde die Verbindung von ihm getrennt.

Gabriela war erleichtert, denn so hatte sie, zumindest in diesem Augenblick, ein Problem weniger.

Das zweite riesige Problem kam nämlich gerade in den Hafen eingelaufen, die Fähre. Der Regen hatte aufgehört, nur der Wind war noch geblieben.

Gabriela stieg aus und ging langsam zum Hafenbecken, um das Einlaufen aus der Nähe zu beobachten. Im Schneckentempo kam das schwimmende Ungetüm immer näher und machte vorsichtig am Kai fest.

Dann öffnete sich der Bauch des Schiffes und langsam kamen LKW auf LKW, Bus auf Bus und PKW auf PKW die Laderampe hinunter. Gabriela bekam Gänsehaut, aber nicht wegen der Kälte, sondern vom zusehen.

Über diese schmale und klapprige alte Rampe soll ich auf das Schiff fahren? fragte sich Gabriela entsetzt. Sie bekam weiche Knie, ging zurück zum Auto, setzte sich hinein und wartete ergeben auf die Dinge, die da kommen würden.

Udo hingegen reagierte ganz anders auf die Fähre. Je näher diese kam um so mehr fieberte er dem Augenblick entgegen, in dem er das Schiff betreten konnte.

Er sah Gabriela auf den Kai zugehen. Sie gefiel ihm auf Anhieb und er verfolgte sie die ganze Zeit mit seinen Blicken. Als Gabriela dann zum Auto zurück kam, begegneten sich zum ersten Mal ihre Blicke. Udo fragte sich, ob ihm diese Frau auf dem Schiff über den Weg laufen würde.

Gabriela war überrascht, dass Udo ganz offensichtlich den Blickkontakt zu ihr gesucht hatte.

Das war schon eine sehr gute Voraussetzung, um später während der Überfahrt unauffällig seine Nähe zu suchen und vielleicht auch ins Gespräch zu kommen.

Es dauerte nicht mehr lange und von der Fähre kamen keine Autos mehr herunter. Irgendwann danach, eine Zeit die sowohl Udo als auch Gabriela endlos vorkam, setzten sich auch die Fahrzeuge in Bewegung, um auf die Fähre zu fahren.

Gabriela war mit ihrer Reihe noch vor Udo dran. Als sie anfuhr, passte sie sich dann automatisch dem Tempo der ihr voraus fahrenden Autos an.

Als Gabriela die steile Auffahrt und die noch steilere Rampe sah, fing sie sofort an zu schwitzen. Sie konzentrierte sich darauf die Rampe hoch zu kommen.

Es rappelte und klapperte so laut, dass sie erst im letzten Moment merkte, wie ein schimpfender Einweiser des Bordpersonals zur Seite springen musste, um nicht von ihr angefahren zu werden. Vor Schreck würgte Gabriela fast den Motor ab und konnte gerade noch in die richtige Spur fahren, welche ihr zugewiesen wurde.

Als sie dann den Schlüssel umdrehte und das Auto aus war, atmete Gabriela erst einmal tief durch.

Dann sah sie sich um, denn mittlerweile standen vor, neben und hinter ihr die Autos.

Sie beobachtete, wie die ganzen Insassen ausstiegen, meistens auch irgendwelche Taschen mitnahmen und sich unterhaltend und lachend in Bewegung setzten.

Sie gingen alle in Richtung der gelb gestrichenen Wand auf Gabrielas linker Seite. Dort war eine Tür, hinter der nach und nach alle Passagiere verschwanden.

Gabriela zog den Schlüssel ab, nahm ihre Handtasche und wollte aussteigen, da fiel ihr etwas ein.

In dem Stress, sie war ja froh, dass sie ohne Unfall jetzt hier auf dem Parkdeck stand, hatte sie Udo vergessen!

Der musste ja auch auf dem Schiff sein. Sie musste ihn nur finden. Aber war das Schiff vielleicht sogar so groß, dass sie unbemerkt aneinander vorbeilaufen konnten? Sie wusste es nicht.

Was bleibt mir anderes übrig, dachte Gabriela deprimiert. *Ich muss das ganze Schiff nach ihm absuchen.*

Sie öffnete die Autotür und stieg aus. Erst jetzt wurde ihr bewusst, wie laut es auf dem Autodeck war. Das laute Dröhnen der Schiffsmotoren und das leichte, ständige Vibrieren der Bodenplatten, empfand sie als sehr unangenehm.

Gabriela beeilte sich nun, um die Ausgangstür zu erreichen und öffnete diese mit Knopfdruck. Sie trat in den dahinter liegenden Raum und die Tür schloss automatisch. Gabriela empfand die relative Ruhe als wunderbar. Vor sich sah sie zwei Treppen, die nach oben führten.

Als sich hinter ihr die Tür öffnete und es wieder laut wurde, beeilte sie sich und nahm zwei Stufen gleichzeitig auf ihrem Weg nach oben.

Solche Sorgen und Nöte kannte Udo nicht, er fuhr schließlich nicht zum ersten Mal mit der Fähre.

Nachdem er das Auto abgestellt hatte, nahm er die Tasche mit dem Geld und machte sich zusammen mit den anderen Passagieren auf den Weg nach oben.

Als Udo das Passagierdeck betrat, suchte und fand er eine Infotafel, mit deren Hilfe er sich orientieren konnte. Der Querschnitt des Schiffes zeigte ihm, das er noch ein Deck höher musste, um an sein Ziel zu gelangen, die Schließfächer für das Gepäck der Passagiere.

Da die meisten davon keinen Gebrauch machten, wie Udo aus Erfahrung wusste, war er sich sicher, dass er noch ein freies Fach finden und belegen konnte.

Er ging also die Treppe noch weiter hoch, fand auf Anhieb die Schließfächer und fast noch wichtiger, die Toiletten. Er ging in eine Kabine, schloss die Tür sorgfältig hinter sich und nahm 1000 € aus der Tasche.

Udo steckte das Geld in die Innentasche seiner Jacke, damit er es später auf der Fähre umtauschen konnte. Erst in Norwegen angekommen, hätte er am Wochenende keine Gelegenheit Geld zu wechseln, da auch dort die Banken geschlossen waren.

Er ging mit der Tasche zu den Schließfächern und fand wirklich ein freies Fach. Udo stellte die Tasche hinein, schloss ab, nahm den Schlüssel und machte sich auf den Weg, einen guten Sitzplatz auf dem Schiff zu finden.

Für Gabriela war das alles nicht so entspannt. Sie kam die Treppe vom Autodeck hoch und wusste nicht, wo sie war und wohin sie wollte. Aber auch sie sah die Infotafel mit dem roten Punkt als Markierung für ihren Standort.

Gabriela las sich aufmerksam durch, welche Informationen zu jedem Deck standen. Sie stand auf Deck sechs. Dort gab es eine Lounge, eine Café bar und sogar Kabinen, die man für eine Überfahrt buchen konnte. Auf Deck sechs und sieben schien das Herzstück für die Passagiere zu sein.

Dort gab es neben zwei Restaurants, die Information, die Wechselstube und mehrere Butiken. Gabriela ging also eine Treppe höher und stand dann vor der Wahl, ob sie den rechten oder den linken Gang nehmen sollte.

Sie entschied sich für rechts. Dort sah sie nach wenigen Metern eine Tür, die nach draußen auf das Deck führte. Man musste auf einen roten Knopf drücken, damit diese sich öffnete und man durch eine Art Schleuse nach draußen gelangte. Sie ging den Gang weiter und nahm alles neugierig in sich auf. Rechts und links gab es rot gepolsterte Sitzbänke, zwischen denen am Boden festgeschraubte Tische standen. Die Passagiere auf der rechten Seite hatten den vollen Blick durch die Fenster nach draußen.

Als Gabriela diesen Bereich hinter sich gelassen hatte, sah sie auf der linken Seite Treppen, die nach unten führten.

Sie ging weiter, kam an Toiletten vorbei und stand auf einmal in einem großen offenen Bereich.

In der Mitte gab es Bänke, Sofas und Sessel. Offenbar waren alle recht dick gepolstert und auch vereinzelte Tische hatte man nicht vergessen. Alle Plätze waren schon belegt. Rechts sah Gabriela zu ihrer Freude zwei Boutiquen, ganz wichtig!

Links hinter den Sitzgelegenheiten sah sie die Information und die Wechselstube.

Aber was Gabriela dann bewusst wurde, war ihr knurrender Magen, denn von oben kam ihr ein Duft entgegen, der ihr das Wasser im Mund zusammenlaufen ließ.

Sie richtete ihren Blick auf eine Treppe am hinteren Ende des offenen Bereiches. Diese führte nach oben zu einem Restaurant!

Fast automatisch setzte sich Gabriela dorthin in Bewegung. Oben angekommen sah sie, dass hier alles aufgebaut war, wie in den deutschen Raststätten an den Autobahnen. Der kleinere Teil war für Selbstbedienung und der größere mit Bedienung.

Gabriela nahm sich aus der relativ kleinen Selbstbedienungstheke einen Krabbencocktail und ließ sich dann noch eine große Portion Pommes mit einer Currywurst geben. Sie setzte sich an einen freien Tisch und ließ es sich schmecken.

Dabei beobachtete Gabriela das muntere Treiben auf dem Deck unter ihr.

Es waren viele Familien mit Kindern an Bord, von denen einige herum tobten, als wären sie zu Hause und nicht auf einem fremden Schiff.

Dann sah Gabriela ihn, „ihren" Udo! Er ging langsam und hielt scheinbar immer wieder Ausschau nach einem freien Sitzplatz in dem offenen Bereich. Als dann auf einer Bank zwei Plätze frei wurden, setzte er sich sofort hin.

Gabriela hatte das alles aufmerksam mit angesehen und auch registriert, dass neben Udo noch ein Platz frei war. Mit dem Essen war sie fertig und dachte sich: *Jetzt oder nie!* Sie ging nach unten und ging zwar zielstrebig in

Udos Richtung, achtete aber darauf, dass dieser nicht auf den Gedanken kam: die will zu mir!

Gabriela blieb zwischendurch immer wieder stehen und tat so als würde sie sich umsehen. Bei Udo angekommen, blieb sie vor ihm stehen, sah auf ihn hinunter und sprach Udo ganz schüchtern an.

„Ich sehe, dass der Platz neben Ihnen noch nicht besetzt ist. Kann ich mich setzen oder halten Sie ihn für jemanden frei?" Gabriela sprach absichtlich aus einem Gemisch von deutsch und schlechtem englisch. Udo sollte ja nicht merken, dass sie ihn kannte.

Dieser war ganz in Gedanken versunken und war überrascht, ja sogar leicht irritiert, dass ausgerechnet er von dieser hübschen Frau angesprochen wurde. Außerdem erkannte Udo in ihr die Frau, welche er schon am Kai beobachtet hatte.

„Der Platz ist frei", erwiderte Udo. „Oh, sie sind ein Deutscher. Das freut mich, dann können wir uns während der Überfahrt gut unterhalten." Gabriela setzte sich neben Udo und gönnte ihm dabei einen ausgiebigen Blick in ihr freizügiges Dekolleté.

Sie plapperte unbekümmert weiter: „Fahren Sie das erste Mal nach Norwegen?

Ich ja! Ich war auch noch nie auf einer Fähre. Es ist alles so neu und aufregend für mich!"

Udo sah sie prüfend an. Das konnte ja noch heiter werden mit einer Frau an der Seite, die ganz offensichtlich für diese Überfahrt Anschluss suchte. „Ich fahre schon zum sechsten Mal nach Norwegen", entgegnete er.

„Das sechsten Mal? Dann haben Sie ja schon Erfahrung mit Land und Leuten. Erzählen Sie mir doch ein bisschen über Norwegen."

Gabriela tat alles, um die Unterredung in Gang zu halten. Udo war überrascht, wie wenig diese Frau doch scheinbar über ein Land wusste, dass sie bereisen wollte.

Er konnte nicht ahnen, dass sie es nur seinetwegen machte.

Darum fing Udo etwas widerwillig an zu erzählen: „Ich kann auch nur über die Gegend erzählen, in der ich schon mehrmals gewesen bin und die ich auch jetzt wieder besuchen werde. Wenn ich in Kristiansand die Fähre verlasse, fahre ich sofort auf die E39 in Richtung Stavanger. Mein Ziel ist die kleine, aber sehr schöne Stadt Farsund an der norwegischen Südküste. Dort gibt es einen kleinen, aber tiefen Fjord auf der einen Seite. Auf der anderen Seite sieht man die

Fischerboote zwischen viele kleine Inseln hindurch, den Schären, auf das offene Meer zufahren. Der Weg von Kristiansand dorthin führt durch eine grandiose Landschaft. Flüsse und Seen wechseln sich ab mit Bergen, Fjorden und Wasserfällen. Man fährt vorbei an der Stadt Mandal und die Gegend in der diese liegt, nennt man auch die *Côte d'Azur* Norwegens. Aber egal, wo in Norwegen Sie auch unterwegs sind, eines müssen Sie ganz besonders beachten, die Geschwindigkeit!

Eine Übertretung ist sehr, sehr teuer, denn es werden dort auch keine Toleranzen abgezogen!"

Nachdem Udo am Anfang etwas zögerlich erzählte, kam er doch ins Schwärmen und hätte noch lange weiter berichten können.

Gabriela beeilte sich Udo zu loben. „Danke für den kurzen Bericht und den Hinweis auf die Geschwindigkeit! Machen Sie jetzt länger Urlaub in Norwegen?"

Udo holte einmal tief Luft und sein Gesichtsausdruck zeigte deutlich Trauer und Schmerz.

Er zögerte lange mit der Antwort und wurde die ganze Zeit aufmerksam von Gabriela beobachtet. „Meine Frau ist vor kurzem gestorben!

Ich muss einfach weg und auf andere Gedanken kommen!" gab Udo zur Antwort, auch wenn das nicht so ganz richtig war.

„Das tut mir sehr leid für Sie", beteuerte Gabriela mitfühlend.

Stimmt das, oder ist es frei erfunden? Sie war sich nicht sicher.

„Deswegen fahren Sie also nach Norwegen! Sie wollen noch einmal dahin, wo Sie mit Ihrer Frau glücklich waren?" Das war eine Frage und eine Feststellung zugleich.

Udo war von Gabrielas Schlussfolgerung überrascht, aber er ließ sich nichts anmerken und nahm den Ball auf.

„Ja, so ist es! Ich werde in Farsund oder der Umgebung eine Hütte mieten, wo ich Ruhe habe und meine Gedanken ordnen kann!"

Da hatte Gabriela eine Idee, die an Schlauheit nicht zu überbieten war.

„Wissen Sie", meinte Gabriela und bemühte sich ebenfalls ein trauriges und mitfühlendes Gesicht zu machen. „Ich habe fast den gleichen Grund, nach Norwegen zu reisen wie Sie. Meine Eltern waren letztes Jahr hier und waren total begeistert von diesem Land. Sie wollten wieder hierher reisen, um mehr von dem Land zu sehen. Leider hatten die beiden später, also nachdem sie wieder zu Hause waren, einen schweren Autounfall, den sie nicht überlebten. Nun möchte ich einmal die Orte besuchen, an denen sie auch waren und mir vorstellen ich wäre mit ihnen da!"

Gabriela war so überzeugend, dass allein bei der Vorstellung, es könnte wirklich so sein, sich ihre Augen mit Tränen füllten! Dann sah sie Udo ganz tief in die Augen.

„Wissen Sie, was das unglaubliche daran ist? Meine Eltern sind genau da gewesen, wo Sie hin wollen!"

Udo war entsetzt! Da saß eine Frau, die auf Abschiedstour war und ihm dann bestimmt dauernd begegnen würde. Das hatte ihm noch gefehlt! Er kam überhaupt nicht auf den Gedanken, sich einfach einen anderen Teil von Norwegen anzusehen.

Bevor er etwas sagen konnte, holte Gabriela zu ihrem letzten Schlag aus.

„Ich will auf dieser Reise verstehen lernen, warum meine Eltern so von Norwegen geschwärmt haben. Danach habe ich nie wieder die Möglichkeit, meinen Traum zu verwirklichen."

Diesen letzten Satz betonte sie gezielt ganz besonders. Es gelang ihr sogar eine Träne fließen zu lassen. Udo war darauf nicht gefasst. Nicht auf sowas!

Wenn er sich vor einer Minute noch gewünscht hatte, dass diese Frau sich in Luft auflösen sollte, würde er sie jetzt am liebsten in die Arme nehmen und trösten.

„Warum haben Sie später nie wieder die Möglichkeit, so etwas zu machen?" fragte er zögerlich. Gabriela sah ihn mit ihren großen Augen traurig an und tat so, als müsste sie sich zwingen, ihm zu antworten.

„Die Ärzte haben bei mir eine unheilbare Krankheit festgestellt", flüsterte sie und fing an zu weinen.

Udo war sprachlos und wusste nicht, was er sagen sollte. Diese arme Frau, wie konnte er ihr helfen? Er empfand Mitleid ohne Ende für sie. Udo nahm ihre linke Hand, sie in die Arme zu nehmen traute er sich dann aber doch nicht.

„Sie Ärmste! Was kann ich für Sie tun? Wie kann ich Ihnen helfen?"

Rums! Der Fisch war am Haken! Udo hatte angebissen und sich im Netz verfangen! Im Stillen beglückwünschte sich Gabriela zu ihrer grandiosen schauspielerischen Leistung. Ab sofort war Udo Wachs in ihren Händen. So konnte es weiter gehen!

„Vielleicht nehmen Sie mich in Ihre Obhut, wenn wir in Norwegen sind? Wir haben schließlich den gleichen Weg."

Udo vergaß sein eigenes Dilemma und war nur noch ein Mensch voller Mitleid und Hilfsbereitschaft. Einer Frau, die so an ihren Eltern hing und selber auch noch unheilbar krank war, der musste man doch helfen! Außerdem, verdammt hübsch anzusehen war sie auch noch!

„Wenn Sie meine Hilfe brauchen, sagen Sie es einfach, egal ob hier auf dem Schiff oder später in Norwegen! Zu zweit reist es sich ohnehin besser", antwortete Udo und hielt dabei immer noch ihre Hand fest.

„Das würden Sie für mich tun? Oh, sie sind ein Schatz", kam es leise von Gabriela, während sie versuchte schüchtern zu wirken. Udo bekam einen roten Kopf.

„Aber...aber, das ist, das ist doch selbstverständlich", stotterte er.

Gabriela triumphierte innerlich. *Die Männer sind doch alle gleich! Ein bisschen schüchtern und traurig wirken, ein paar Tränen fließen lassen und die Oberweite freizügig präsentieren, schon sind sie ein williges Werkzeug in den Händen einer Frau*, dachte Gabriela.

Und Udo? Der merkte nicht einmal, wie merkwürdig es doch war, was diese wildfremde Frau alles von sich gab!

Welche Frau erzählte einem fremden Mann, wohin sie reisen wollte und würde ihm auch noch zusätzlich anvertrauen, dass sie unheilbar krank ist?

Udo hatte alles andere ausgeblendet und badete in einem Meer voller Stolz und Glück. Eine fremde Frau hatte ihn, gerade ihn, ausgewählt, ein besonderes Geheimnis mit ihr zu teilen, ihn, der schon seit geraumer Zeit kein Vertrauen mehr zu sich und anderen hatte. Er war ein Mann dem immer wieder eingetrichtert worden war, dass er zu nichts zu gebrauchen sei und im Prinzip überflüssig auf dieser Welt war.

Gabriela hatte ihn, zumindest für einen kurzen Augenblick, wieder aufgerichtet.

Udo hätte sie am liebsten umarmt, wenn er sich denn getraut hätte. Er nahm sich vor, Gabriela soweit wie möglich zu unterstützen.

„Ich danke Ihnen, dass Sie mir helfen wollen. Selbstverständlich ist das nämlich nicht!" sagte Gabriela und versuchte so viel Dankbarkeit wie möglich in ihre Stimme zu legen. Sie wollte noch mehr sagen, brach aber ab, denn durch das ganze Schiff ging ein leichtes, aber deutlich zu spürendes Vibrieren, welches jetzt ihre Aufmerksamkeit in Anspruch nahm.

Die Fähre hatte Fahrt aufgenommen und verließ langsam den Hafen.

Nachdem Gabriela eine Weile auf dieses für sie neue Geräusch geachtet hatte, hielt sie Udo ihre rechte Hand hin, die linke hielt er immer noch fest und schien es gar nicht zu bemerken, und sagte: „Ich freue mich, einen so netten und hilfsbereiten Mann kennen gelernt zu haben! Ich heiße Gabriela."

Udo fühlte sich noch mehr geschmeichelt, bekam aber schon wieder einen roten Kopf, weil er merkte, dass er immer noch Gabrielas linke Hand fest hielt.

Darum beeilte er sich zu sagen: „Ich heiße Udo", mehr brachte er nicht heraus.

Gabriela lächelte ihn an. „Sagen Sie Udo", sie wählte ganz bewusst den Vornamen und das Sie, um eine bestimmte Distanz zwischen ihnen zu wahren, noch!

„Ich will nachher in den Boutiquen einkaufen. Kann ich meine Karte benutzen, oder muss ich mir norwegische Kronen besorgen?" Gabriela verschwieg, dass sie sich bereits in Dänemark mit der norwegischen Währung eingedeckt hatte.

„Sie können überall mit Ihrer Karte bezahlen, aber ich würde Ihnen empfehlen, sich trotzdem Bargeld zu besorgen.

Wenn wir in Norwegen sind, können Sie es gebrauchen. Ich werde auch noch etwas Geld umtauschen. Der Wechselschalter ist ja gleich neben der Information hinter uns." Hilfsbereit gab Udo die gewünschte Auskunft.

Gabriele sah auf ihre Uhr und wollte noch mehr wissen. „Wann machen die Boutiquen und der Wechselschalter auf? Wir sind doch schon 15 Min. unterwegs."

Udo musste schmunzeln. Auf die Idee, selber einmal nachzusehen, kam seine neue Bekanntschaft nicht, obwohl überall Hinweisschilder mit den Öffnungszeiten angebracht waren.

Ein lebendes Auskunftsbüro an der Seite zu haben war eben einfacher.

„Sämtliche Geschäfte und auch der Wechselschalter öffnen 30 Min. nach Auslaufen aus dem Hafen. Ich möchte Ihnen aber raten, die Einkäufe möglichst schnell zu erledigen. Wenn wir erst weiter draußen sind und der Sturm uns packt, kann es sehr ungemütlich werden, es sei denn, Ihnen macht das Auf und Ab und das Schwanken des Schiffes nichts aus und werden nicht seekrank."

Udo meinte es nur gut mit Gabriela, als er ihr diesen guten Rat gab. „Sturm? Wie kommen Sie denn darauf?" wollte diese wissen.

„Aber Gabriela, überlegen Sie doch! Die Fähre hatte wegen des starken Sturmes draußen auf See schon Verspätung und dann kam vorhin die Durchsage vom Kapitän, dass der Sturm nicht nachgelassen hat und wir direkt hinein fahren!"

Kapitän? Durchsage? Gabrielas Gesicht war ein einziges Fragezeichen.

„Ich sehe an Ihrem Gesicht, das Sie scheinbar nichts mitbekommen haben. Darum noch einmal: Erledigen Sie so schnell wie möglich alles, was Sie sich vorgenommen haben! Dann suchen Sie sich einen Sitzplatz und bleiben den Rest der Überfahrt dort."

Udo sah nach oben zum Restaurant und meinte: „Die meisten von diesen Dummköpfen da oben schlagen sich den Bauch voll, obwohl sie wissen, dass sie in den Sturm hinein fahren. Viele von ihnen werden es bald bereuen!"

Gabriela ahnte es schon, aber sie fragte trotzdem noch einmal nach. „Was meinen Sie mit bereuen?"

„Na ja, ein voller Magen und Seekrankheit führt unweigerlich dazu, dass der Magen rebelliert und sich entleeren will. Das passiert fast auf jeder Überfahrt. Ich hoffe, Sie waren so schlau und haben nichts gegessen?"

Gabriela schaute auf ihre Fußspitzen und erwiderte bedrückt. „Doch ich habe etwas gegessen und dabei überhaupt nicht an den Sturm und Seekrankheit gedacht. Ich bin doch noch nie auf einem Schiff gefahren!" war ihre nicht ganz nachvollziehbare Ausrede.

„Wenn Sie unbedingt einkaufen müssen, dann machen Sie es jetzt. In der Zwischenzeit haben nämlich alle Geschäfte geöffnet! Ich gehe jedenfalls Geld wechseln", sprach Udo und überließ Gabriela sich selbst.

Er ging zum Wechselschalter, ohne sich weiter um seine neue Bekanntschaft zu kümmern. Gabriela machte sich mit gemischten Gefühlen auf den Weg in die nächste Boutique.

Schon auf den wenigen Metern dorthin, merkte sogar sie ein geändertes Fahrverhalten des Schiffes.

Es war viel stärker am Vibrieren und leichte Schwankungen musste sie schon ausgleichen.

Gabriela kaufte in den verschiedenen Geschäften alles, was sie glaubte für ihren Aufenthalt in Norwegen zu benötigen. Da sie nicht wusste, wie lange sie in Norwegen sein würde und wann es die nächste Gelegenheit zum Einkaufen gab, deckte Gabriela sich mit allem ein, von dem sie glaubte, es zu benötigen.

Von einem Koffer über Kleidung, auch Dessous, bis hin zu Seife, Handtücher und Parfüm war alles dabei.

Dass sie dabei von Udo aufmerksam beobachtet wurde, bemerkte sie nicht einmal. Dieser wunderte sich sehr über den Großeinkauf und beschloss, sie später nach dem Grund zu fragen.

Udo ging noch einmal zur Toilette, wohl wissend, dass dieser Gang später kaum noch möglich sein würde.

Zurück vom noch „stillen Örtchen" suchte und fand er zwei freie Sitzplätze. Auf dem Weg dahin kam er an einem Tisch vorbei, auf dem viele kleine Tüten lagen.

Diese waren für all jene, die während der Überfahrt ihren Mageninhalt irgendwohin entsorgen mussten. Im Volksmund werden sie auch Ko...beutel genannt. Udo nahm zwei davon mit und setzte sich.

Dann wartete er auf Gabriela und achtete darauf, dass der Platz neben ihm für sie frei blieb. Diese war immer noch mit einkaufen beschäftigt. Erst als ein Koffer und zusätzlich sechs Taschen voll waren, fand Gabriela, dass es genug war. Sie suchte Udo und sah ihn nicht weit von dort sitzen, wo sie sich vorhin kennengelernt hatten.

Schwer beladen ging Gabriela zu ihm hin und fragte ganz unschuldig: „Würden sie auf diese paar Sachen aufpassen? Ich möchte einmal an die frische Luft." Udo war sprachlos. „Ein paar Sachen? Wenn ich sehe, was Sie eingekauft haben, müssen einige Regal in den Geschäften leer sein! Aber gehen Sie ruhig, ich passe schon auf."

Gabriela musste lachen. „Ach was, das ist doch harmlos! Sie müssten mal erleben, wie ich manchmal zu Hause einkaufe!"

„Wenn Sie doch zu Hause schon viel Geld für Kleidung ausgeben, warum kaufen Sie hier auf dem Schiff auch noch so vieles ein?"

Gabriela stutzte einen Augenblick und erklärte ihm dann: „Ich bin nach dieser unerwarteten Diagnose einfach weg. Ich habe meinen Job gekündigt und nur meiner besten Freundin erzählt, was mit mir los ist und was ich vorhabe. Glücklicherweise habe ich keine Geldsorgen und kann mir das hier ohne Probleme leisten."

Gabriela bedankte sich bei Udo für das Aufpassen und ging zur nächsten Tür, die nach draußen führte.

Einerseits wollte Gabriela wegen der guten frischen Luft nach draußen, denn in ihrem Magen baute sich ein immer stärker werdender Druck auf. Andererseits wollte sie telefonieren. Udo sollte schließlich nicht mitbekommen, wenn sie mit ihrem Boss sprach.

Als Gabriela die Tür hinter sich geschlossen und das Deck durch die kleine Schleuse betreten hatte, packte sie der starke Wind und schleuderte ihr ein Gemisch aus Salz- und Regenwasser ins Gesicht.

Sie suchte sich einen geschützten Platz, aber dort standen natürlich auch schon eine Menge andere Passagiere.

Gabriela musste sich wohl oder übel zu ihnen stellen. Das Deck, welches von den Passagieren betreten werden durfte, war im Vergleich zur Schiffsgröße, sehr klein.

Bei einer Länge von 20 Metern hatte es eine Breite von 4 Meter. Da dies auch der einzige Ort auf dem Schiff war, an dem geraucht werden durfte, brauchte sich Gabriela nicht zu wundern, dass ihr von allen Seiten Zigarettenqualm entgegen kam.

In Ruhe zu telefonieren, daran war hier nicht zu denken. Dazu kam noch der Zigarettengeruch, dass auf und ab des Schiffes, Gabriela wurde übel.

Ein Blick auf das Meer, dessen Wellen mit aufgesetzten Schaumkronen unaufhörlich gegen das Schiff anliefen, gab den Ausschlag. Sie ging so schnell sie konnte, wieder zurück ins Warme und Trockene.

Dort suchte Gabriela mit ihren Blicken eine ruhige Ecke, um endlich mit dem Boss telefonieren zu können. Ihre Suche wurde belohnt, denn sie entdeckte eine etwas abseits gelegene Einbuchtung in einem Seitengang. Auf dem Weg dorthin verstärkte sich bei Gabriela noch das Gefühl der Übelkeit. Sie hatte Glück und war allein, so konnte sie endlich telefonieren.

Doch sooft sie es probierte, sie bekam keine Verbindung! Das hatte ihr noch gefehlt! Was sie sich von ihrem Boss würde anhören müssen, wenn die Verbindung irgendwann zustande kam, Gabriela wagte nicht es sich vorzustellen!

Sie verfluchte ihren Boss, diesen Auftrag, dieses Schiff, das Wetter, einfach alles, was ihr in den Sinn kam. Nachdem sie sich etwas beruhigt hatte, machte sich Gabriela auf den Weg zu Udo.

Hinter sich zurück ließ sie die Schließfächer, dort hatte sie nämlich die ganze Zeit gestanden. Mit dem Rücken hatte sie an dem Schließfach mit Udos Geldtasche gelehnt. Ob Gabriela dem Geld jemals wieder so nahe kommen würde??

Udo hatte in der Zwischenzeit zum zweiten Mal Geld gewechselt. Er hatte den Wechselschalter die ganze Zeit nicht aus den Augen gelassen und wartete, bis jemand am Schalter stand, bei dem er vorher nicht eingetauscht hatte. Zweimal bei derselben Person 500 € wechseln wollte Udo nicht, denn das war bestimmt nicht alltäglich und auffallen wollte er nicht.

Nachdem er sich wieder gesetzt hatte, die beiden Plätze hatte er mit Gabrielas Gepäck blockiert, kam Udo zur Ruhe und fing an zu grübeln.

Dass ein Versager wie er, soviel Glück hatte, heute mit einer Tasche voller Geld auf diesem Schiff zu sein, hätte er nie für möglich gehalten. Nach Udos eigener Meinung war er auf dem Weg in die Freiheit und in ein neues Leben.

Man hatte ihn zerbrochen, ohne dass er es sich von außen hatte anmerken lassen. Plötzlich musste Udo an das Ereignis denken, welches aus ihm einen echten Waschlappen und Feigling gemacht hatte, so glaubte er zumindest. Dabei hatte er alles so klar vor Augen, als wäre es erst gestern geschehen.

Damals hatte er als neuer Mitarbeiter der Leihfirma seinen ersten Einsatzort zugeteilt bekommen. Er sollte sich als einziger Leiharbeiter zur Nachtschicht bei einem mittelständischen Unternehmen melden.

Aber anstatt für eine Arbeit an den Produktionsmaschinen eingesetzt zu werden, in seinem Vertrag stand ja immerhin „Produktionshelfer", brachte ihn der Meister in eine etwas abseits gelegene Halle.

Dann verschwand dieser für einige Minuten, nachdem er das große Rolltor geöffnet hatte. Plötzlich sah Udo Autoscheinwerfer auf sich zukommen.

Das Auto wurde in die Halle gefahren, die Tür ging auf und der Meister stieg aus. Der ging auf Udo zu und befahl ihm, das Auto zu waschen, zu polieren und auch den Innenraum nicht zu vergessen. Dieses Auto würde dem Firmeninhaber gehören und müsste bei Schichtende aussehen wie neu!

Udo weigerte sich standhaft, trotz mehrfacher Aufforderung, diese Arbeit zu erledigen. Daraufhin hatte ihn der Meister nach Hause geschickt. Udos Frau war nicht zu Hause, denn sie war noch am arbeiten. Er war ganz froh darüber, so brauchte er ihr jetzt nichts zu erklären.

Er trank eine Flasche Bier, ging ins Bad zum Duschen und dann ins Bett.

Er schlief tief und fest als seine Frau nach Hause kam. Die wunderte sich, dass ihr Mann zu Hause war, machte ihn aber nicht wach und legte sich auch schlafen.

Am anderen Morgen wurde Udo durch das Klingeln des Telefons geweckt. Als er abnahm war sein Chef von der Leihfirma dran und die ersten Worte verhießen nichts Gutes.

„Was denken Sie sich eigentlich dabei, die Arbeit zu verweigern? Nur weil Sie eine Maschine putzen sollten, machen Sie so einen Aufstand? Wohl zu fein für so eine Arbeit der Herr, was? Sie haben jetzt zwei Möglichkeiten: entweder gehen Sie heute Abend wieder zur Nachtschicht und machen genau das, was Ihnen gesagt wird, oder ich entlasse Sie fristlos wegen Arbeitsverweigerung. Dann bekommen Sie eine Sperre vom Arbeitsamt und drei Monate kein Geld! Wie entscheiden Sie sich?"

Udo war sprachlos. „Wieso denn Maschine putzen? Der Meister hat mir ein Auto von seinem Chef hingestellt, mit dem Auftrag, dieses zu waschen und komplett sauber zu machen! Das zu verweigern war doch mein gutes Recht!"

„Ihr gutes Recht?" brüllte sein Chef ins Telefon. „Eine blödere Ausrede fällt Ihnen wohl nicht ein? Auto waschen, dass gibt es doch gar nicht! Der Meister sagt, Sie hätten vor Zeugen die Arbeit verweigert. In der Firma sind also alle Lügner und nur Sie sagen die Wahrheit? Ich will von Ihnen augenblicklich eine Entscheidung. Was wollen sie jetzt machen, heute Abend wieder zur Nachtschicht gehen oder von mir gefeuert werden?"

Udo musste ein paar Mal schlucken und holte tief Luft, dann sagte er leise: „ Ich werde heute Abend arbeiten gehen."

„Na also! Warum dann erst dieser ganze Aufstand? Natürlich werde ich Ihnen diese nicht gearbeiteten Stunden vom Lohn abziehen. Tun Sie gefälligst das, was Ihnen gesagt wird und es gibt keine Probleme!"

Selbstverständlich war seine Frau auch wach geworden und wollte wissen, was los war. Udo schilderte ihr seine Situation.

Martina meinte dazu nur kopfschüttelnd: „Nun stell dich nicht so an! Wenn du anderer Leute Auto waschen und putzen sollst, dann mach es! Hauptsache ist doch, dass du dafür bezahlt wirst."

Udo hatte schon viele Entscheidungen in seinem Leben getroffen, aber diese eine würde sein Leben zerstören! Langsam, aber sicher und ohne Erbarmen!

Am Abend erschien Udo pünktlich zur Nachtschicht und meldete sich mit einem, verständlicherweise unguten Gefühl, wieder bei seinem Meister.

„So, so, da bist du ja wieder", meinte der mit einem bösartigen Grinsen. „Komm mit, ich zeige dir deine Arbeit!"

Zusammen gingen sie durch die große Produktionshalle, immer wieder verfolgt durch das höhnische Gelächter seiner *lieben* Kollegen. Das Ziel war natürlich die Halle von gestern, in der auch schon das Auto auf ihn wartete. Wieder kam die Anweisung, welche Udo seit gestern nicht vergessen konnte.

„Wasch das Auto und mach es von innen und außen tiptop sauber! Wenn du fertig bist, melde dich bei mir!"

Der Meister blieb noch eine Weile stehen und sah zu, wie Udo seine Arbeit zwar ohne Widerspruch, aber langsam und widerwillig in Angriff nahm.

Den Rest der Woche machte er nichts anderes, immer nur Autos waschen und putzen. In der ersten Nacht schaffte Udo drei Autos und wunderte sich darüber, wie viele der Geschäftsführer dieser Firma hatte.

Aber als er dann jede Nacht Autos waschen und putzen musste, fand er doch irgendwann heraus, dass diese seinen Kollegen gehörten, aber er wusch und putzte brav weiter, ohne sich zu beschweren!

So fing alles an und es ging weiter. Als Udo dann endlich an den Maschinen arbeiten durfte, gab es Probleme mit den Pausenzeiten.

Statt 30 Min. bekam Udo mal 15 Min. oder 20 Min. oder auch mal gar keine Pause, je nachdem welche Laune der Mann hatte, der ihn ablösen musste. Wenn es keine Pause gab und er etwas essen wollte, dann hieß es nur: „Wenn du unbedingt was *fressen* musst, dann mach es hinter den Maschinen zwischendurch!"

Zur Toilette kam Udo auch nur in den Pausenzeiten, weil er zwischendurch von niemand abgelöst wurde.

Eigenmächtig zu gehen traute er sich auch nicht, denn die Maschinen liefen ja ununterbrochen und Udo hatte Angst, dass er seine Arbeit dann nicht mehr schaffen würde.

Er musste sich etwas einfallen lassen. Udo brachte sich von zu Hause einen alten Bierkrug mit, in den er urinierte, wenn die Not am größten war! Den Inhalt entsorgte er dann nach der Schicht.

Doch das ging nicht lange gut! Eines Tages durfte Udo ausnahmsweise wirklich 30 Min. Pause machen.

Als er wieder zu den Maschinen kam, stand dort nicht nur sein Kollege, sondern auch der Meister, dieser mit dem Krug in der Hand!

„Du alte Drecksau", brüllte dieser ihn schon von weiten an. „Du pinkelst hier in den Krug und sagst zu deinem Kollegen – *du kannst ruhig einen Schluck nehmen.* Das macht er auch und du kannst dir sicher vorstellen, wie der arme Kerl sich jetzt fühlt!"

Bevor Udo sich verteidigen konnte, denn er hatte sowas nie zu seinem Kollegen gesagt, schüttete der Meister ihm den Urin über die Füße. Dieser verteilte sich nicht nur auf dem Fußboden, sondern lief natürlich auch in seine Schuhe.

Sein Kollege zeigte ihm hinter dem Rücken des Meisters auch noch den berühmten Mittelfinger. Udo war starr vor Entsetzen und zu keiner Bewegung fähig.

Noch nie war er so gedemütigt worden. Er hätte am liebsten laut geschrien und die beiden vor ihm verprügelt.

Jeder andere hätte das wahrscheinlich auch getan, aber nicht Udo! Er konnte einfach nicht! Er konnte seine Wut und seine Verzweiflung nicht raus lassen!

Nur jemand mit den gleichen Problemen wie Udo könnte das verstehen – vielleicht!

Auch als er später von seiner Leihfirma in einem anderen Unternehmen eingesetzt wurde, geschahen immer wieder Dinge, die ein *normaler* Mensch mit genügend Selbstachtung und Selbstbewusstsein nie mitgemacht hätte.

Udo merkte selbst, dass etwas mit ihm nicht stimmte, doch er ließ sich nichts anmerken. Er tat, was von ihm verlangt wurde, lachte mit den anderen, lachte über sich selbst.

Udo zerbrach, wurde zerbrochen, aber er konnte einfach nichts dagegen machen, sich kein bisschen wehren, obwohl es in ihm kochte und er eine riesige Wut empfand! Diese Wut richtete er gegen einen besonderen Menschen, gegen sich selbst.

Nach außen hin ganz ruhig und abgeklärt, nach innen verachtete er sich grenzenlos! Das gipfelte eines Tages darin, dass er vor dem Badezimmerspiegel stand und seinem Spiegelbild immer und immer wieder ins Gesicht spuckte und die Fratze, die ihm entgegen sah, dann auch noch anschrie.

„Du Nichtsnutz, du Versager, du Feigling! Warum lebst du überhaupt, warum gibt es dich noch? Ich will es dir sagen: weil du von den anderen als Fußabtreter gebraucht wirst, egal ob in der Firma von deinen Kollegen oder hier zu Hause von deiner Frau!"

Danach blieb er einige Minuten regungslos stehen und ließ seinen Tränen freien Lauf. Nach einer Weile wischte er sich die Tränen ab und fing an, den Spiegel zu säubern, damit seine Frau nichts merkte und Fragen stellte, die er nicht beantworten konnte oder wollte.

„Udo, Udo, hallo! Was ist los mit Ihnen?"

Dieser fühlte sich heftig an den Schultern gepackt und geschüttelt. Erschrocken fand er nicht sofort in die Wirklichkeit zurück.

Er war so tief in sein Innerstes, seine Vergangenheit abgetaucht, dass er alles andere um sich herum nicht mehr wahrgenommen hatte!

Er sah Gabriela etwas verwirrt an und sagte: „Entschuldigen Sie, ich habe wohl mit offenen Augen geträumt."

In ihrem Gesicht war zu erkennen, dass sie schon mit dem Auf und Ab des Schiffes zu kämpfen hatte.

„Geht es Ihnen nicht gut? Blöde Frage, natürlich geht es Ihnen nicht gut! Setzen Sie sich doch! Ich habe hier auch schon zwei Tüten hingelegt, falls Ihr Essen wieder nach draußen will", meinte Udo zu ihr.

Gabriela setzte sich erleichtert neben ihn. Der Rückweg hierhin war wirklich nicht einfach gewesen.

Zu den Versuchen bei diesem Auf und Ab von dem Schiff nicht das Gleichgewicht zu verlieren, kam auch dieses ständig stärker werdende Gefühl der Übelkeit.

Jetzt war Gabriela froh, dass sie sich setzen und sich der Magen etwas beruhigen konnte.

So hoffte sie es zumindest. Misstrauisch sah Gabriela auf die beiden Tüten zwischen ihnen.

„Meinen Sie, diese beiden kleinen Dinger reichen wirklich, wenn ich, na ja Sie wissen schon", wollte sie von Udo wissen. Sie scheute sich die Sache beim Namen zu nennen, denn allein der Gedanke daran verursachte bei ihr zusätzlich Übelkeit.

„In den meisten Fällen schon. Sie müssen nur die Tüte richtig vor den Mund halten", meinte Udo mit Kennermiene. „Haben Sie sich wenigstens etwas zu trinken gekauft?"

„Zu trinken? Nein, ich habe mir nur Klamotten gekauft", erwiderte Gabriela.

Typisch Frau im Kaufrausch, an das Naheliegende denkt sie natürlich nicht, dachte Udo.

Laut sagte er: „Bleiben Sie sitzen! Ich gehe und kaufe etwas." Er stand auf und wollte gehen, als er von Gabriela gefragte wurde: „Ist Ihnen denn nicht übel?"

„Nein", lächelte er auf sie herunter. „Mir macht das nichts aus."

Zielsicher machte Udo sich dann auf den Weg, um Getränke zu holen. Bewundernd und auch neidisch schaute Gabriela ihm hinterher.

Auf einmal hörte sie es klirren, so als wäre etwas zu Boden gefallen und zerbrochen.

Das kam aus der Boutique, die ihr praktisch direkt gegenüber lag. Danach hörte sie eine Frau in einer ihr unbekannten Sprache laut schimpfen.

Für Gabriela völlig unerwartet hob sich der Bug des Schiffes deutlich in die Höhe und fiel mit einem Krachen in das Wellental zurück. Das Geräusch, als dieser Teil der Fähre wieder auf der Wasseroberfläche aufschlug, war für Gabriela einfach schockierend.

So etwas hatte sie noch nie gehört! Sie sah Gepäckstücke, die sich selbstständig machten und Menschen, die zu Boden stürzten.

Noch etwas musste sie mit ansehen, obwohl Gabriela es lieber nicht gesehen hätte. Ihr schräg gegenüber saß ein Ehepaar mit einer ca. 10jährigen Tochter. Für das Mädchen war diese letzte Schiffsbewegung zu viel. Sie nahm ganz schnell eine Tüte, hielt sie vor ihren Mund und musste sich übergeben.

In diesem Moment machte das Schiff noch einmal die gleiche Bewegung, der Bug hob sich und viel wieder krachend zurück. Dadurch konnte das Mädchen nicht verhindern, dass ein Teil des Erbrochenen sich auf die Hose ihrer Mutter verteilte. Das war auch für die Eltern des Mädchens zu viel, sie mussten sich ebenfalls übergeben.

Gabriela hörte die würgenden Geräusche um sich herum von all jenen, denen es genau so erging. Dazu dieser perverse süßlich-säuerliche Geruch, das war zu viel für Gabriela.

Sie musste ebenfalls ganz schnell zur Tüte greifen! Pommes, Würstchen und auch die schönen Krabben wollten auf diesem Weg wieder nach draußen.

Gabriela schnappte nach Luft wie ein Fisch auf dem Trockenen.

Sie konnte aber auch nicht verhindern, dass ein Teil der Krabben absolut nicht in die Tüte wollte, sondern sich über die linke Hand, den Arm und auch die Hose verteilte. Dazu kam noch dieser ekelhafte Geschmack im Mund.

Mit von Tränen verschleierten Augen suchte sie nach Udo. Gabriela sah ihn erst, als er schon fast vor ihr stand.

In der einen Hand hatte er einen 6er Pack mit Wasserflaschen und in der anderen, Gabriela konnte es kaum glauben, eine Minisalami, deren Rest er sich jetzt vor ihren Augen in den Mund schob.

Gabriela drehte sich schon wieder der Magen um!

Udo konnte froh sein, dass sie jetzt nicht reden konnte, denn die Schimpfwörter, an die Gabriela dachte, waren nicht Jugendfrei!

„Sie sehen schlecht aus", war Udos völlig überflüssiger Kommentar. Er riss die Packung auf, öffnete eine Flasche und hielt sie Gabriela hin.

„Spülen Sie etwas den Mund aus und trinken Sie einen Schluck, dann werden Sie sich bestimmt besser fühlen."

Gabriela nahm einen kleinen Schluck, spülte vorsichtig den Mund aus und spuckte das Ergebnis in die Tüte. Doch dadurch, dass sie die Flasche mit links zum Mund führte, liefen die erbrochenen Krabbenreste weiter den Arm hinunter.

In diesem Augenblick stampfte das Schiff wieder besonders stark in den Wellen und Gabrielas Magen rebellierte schon wieder.

Udo erkannte ihre Not, nahm ihr schnell die Flasche und mit viel Widerwillen auch die gut gefüllte Tüte ab. So konnte Gabriela schnell nach der unbenutzten greifen und diese vor den Mund halten.

Nachdem sie es aufgegeben hatte, gegen den Brechreiz anzukämpfen, ging alles viel leichter, zumindest empfand Gabriela es so.

Danach war sie überzeugt, dass es in ihrem Magen nichts mehr geben konnte, was sich unbedingt auf den Weg nach draußen machen konnte.

Sie nahm von Udo wieder die Flasche Wasser. Diesmal spülte sie ihren Mund zwei Mal aus, aber ohne etwas zu trinken.

Dann meinte sie zu Udo: „Ich muss die Tüten entsorgen und mich sauber machen. Wo sind nochmal die Toiletten?"

„Sie gehen hier einfach weiter und gleich da vorne rechts in den Seitengang. Auf der linken Seite sind die Toiletten. Aber meinen Sie, das ist eine gute Idee? Der Seegang lässt nur langsam nach, obwohl der Kapitän in seiner Durchsage meinte, dass wir das Schlimmste überstanden haben. Außerdem werden die Toiletten voll sein!"

Schon wieder eine Durchsage, von der ich nichts mitbekommen habe, dachte Gabriela erstaunt. Das war jetzt auch egal und sie ließ sich nicht beirren. „Ich schaffe das schon! Dieser Gestank hier ist entsetzlich!"

Sie verzog den Mund, sah an sich herunter und meinte dann: „Ich rieche bestimmt auch nicht besonders gut!"

Gabriela klappte ihre Tüte oben an den vorgesehen Stellen zusammen und machte das Gleiche mit der zweiten, die ihr Udo gerne wieder gab.

Sie stand auf und setzte sich gleich wieder hin. Die Fähre schlingerte immer noch ganz schön und Gabriela konnte sich im ersten Anlauf nicht auf den Beinen halten.

„Wenn Sie wirklich zu den Toiletten wollen, dann helfe ich Ihnen. An der Ecke von dem Seitengang bleibe ich stehen und kann von dort auch Ihr Gepäck im Auge behalten", bot sich Udo hilfsbereit an.

„Danke", erwiderte Gabriela und stand auf. Diesmal blieb sie auch stehen, aber nur, weil Udo sie schnell untergehakt hatte.

Langsam und unsicher kämpfte sie sich zu den Toiletten. Wenn das alles nicht so traurig gewesen wäre, dann hätte diese Situation einen unbeteiligten Zuschauer bestimmt noch zum Schmunzeln gebracht.

Ein ungleiches Pärchen, bei dem die Frau sehr leidend aussah, sie hatte sich beim Mann eingehakt, kämpfte gegen das Auf und Ab des Schiffes und sie hielt krampfhaft zwei volle Tüten mit Erbrochenem fest!

Udo blieb an der Ecke des Ganges stehen und behielt wie versprochen Gabrielas Gepäck im Auge.

Allerdings dachte er wohl zu Recht, dass auch die anderen Passagiere anderes zu tun hatten, als sich ausgerechnet über Gabrielas Gepäck her zu machen. Außerdem hätte jeder Dieb hier genügend Auswahl gehabt!

Gabriela stand vor der Toilettentür und wollte sie gerade öffnen, als sie von innen aufgemacht wurde und eine kreidebleiche Frau heraus stolperte. Ein entsetzlicher Gestank kam ihr durch die geöffnete Tür entgegen. Gabriela verlor augenblicklich die Lust, diese Örtlichkeit zu besuchen.

Gerade als sie sich wegdrehen wollte, kamen von hinten drei Frauen angelaufen. Alle drei, die ersten beiden hatten eine Hand vor den Mund gepresst und waren am würgen, schoben Gabriela praktisch gegen ihren Willen in die Toilette.

Diese kam nach ungefähr 15 Min. wieder heraus, noch beschmutzter und bleicher als vorher!

Sie wankte an Udo vorbei, ohne ihn eines Blickes zu würdigen und trachtete nur noch danach sich zu setzen. Was sie auf der Toilette erlebt und durchgemacht hatte, war einfach nur erniedrigend! Niemals würde Gabriela jemanden davon erzählen!

Aber eines hatte sie sich vorgenommen: *Nie wieder mit dem Schiff fahren!*

Für die Rückreise würde sie ihr Auto stehen lassen, abgeben, verschenken oder wie auch immer und dann nach Hause fliegen, aber auf gar keinen Fall die Fähre benutzen.

Udo war ihr natürlich gefolgt, sprach sie aber nicht an, nachdem er einen Blick in ihr Gesicht geworfen hatte. Möglichst unauffällig, um Gabrielas Aufmerksamkeit nicht darauf zu lenken, steckte er noch eine gefundene und nicht benutzte Tüte in seine Jackentasche, man konnte ja nie wissen! Die Überfahrt würde schließlich noch eine Stunde dauern und Gabriela hatte keine Tüte mehr.

Nachdem die beiden sich wieder gesetzt hatten, sprachen sie lange Zeit kein Wort miteinander. Udo hatte Mühe seine Augen aufzuhalten, um nicht einzuschlafen, während Gabriela mit aller Kraft gegen die immer noch vorhandene Übelkeit kämpfte.

So waren beide mit sich selbst beschäftigt, bis auf einmal eine freundliche Frauenstimme verkündete: „Meine Damen und Herren! Wir werden in ca. 20 Min. in Kristiansand anlegen. Die Autodecks sind ab sofort wieder für sie geöffnet. Wir hoffen, sie hatten eine angenehme Überfahrt und würden uns freuen sie bald wieder an Bord begrüßen zu dürfen!"

Diese Durchsage kam natürlich auch in Norwegisch und Englisch.

Angenehme Überfahrt! Gabriela hätte die Frau für diese Worte würgen können! Sie war sich sicher, dass sie mit diesen Gedanken nicht alleine war! In 20 Minuten? Gabriela hatte jedes Zeitgefühl verloren.

„Gabriela!" Diese zuckte zusammen, als sie so unverhofft von Udo angesprochen wurde.

„Das Schaukeln des Schiffes hat ganz stark nachgelassen! Nutzen Sie die Gelegenheit und gehen noch schnell für 2-3 Min. an die frische Luft. Das wird Ihnen gut tun, bevor wir wieder zu den Autos müssen."

Gabriela hatte überhaupt nicht bemerkt, dass die Fähre wesentlich ruhiger fuhr. Sie folgte dem gut gemeinten Rat und wirklich, sie konnte stehen und gehen, ohne zu schwanken!

Sie ging nur für einige tiefe Atemzüge an die frische Luft, es war einfach herrlich, und dann sofort wieder zu Udo.

Dieser wartete schon und wollte von ihr wissen, zu welchem Autodeck sie hinunter müsste. Gabrielas Gesicht war ein großes Fragezeichen.

„Zu welchem Autodeck? Gibt es denn mehrere? Ich bin einfach nur den Leuten gefolgt und hier gelandet."

Udo glaubte nicht richtig gehört zu haben und verdrehte die Augen. „Wissen Sie denn wenigstens, von wo Sie gekommen sind?"

Gabriela wollte sich ihre Unsicherheit nicht anmerken lassen und nickte ohne zu überlegen. „Ja, von da hinten", und zeigte in die entsprechende Richtung. „Ich stehe dicht an der Wand mit meinem Auto und die Tür war auch nicht weit entfernt."

Udos Geduld wurde auf eine harte Probe gestellt.

„Da hinten", sprach er ihr nach, „gibt es zwei Abgänge. Wissen Sie noch, welchen Sie hoch gekommen sind?"

Gabriela überlegte kurz. „Es muss von hier aus gesehen der zweite gewesen sein. Auf dem Weg nach hier bin ich an einer Treppe vorbei gekommen, die ich nicht benutzt habe."

Das ist wenigstens etwas, dachte Udo. Laut sagte er: „Überlegen Sie genau! Sind Sie vom Auto- zum Passagierdeck zwei Treppen hochgegangen oder vier? Sind Sie aus der linken oder rechten Tür vom Autodeck gekommen?"

Gabriela versuchte ihr Bestes zu geben und nach einigem Überlegen war sie sich ziemlich sicher: „Ich bin nur zwei Treppen nach oben gegangen, aber durch welche Tür ich gekommen bin? Ich habe gar nicht bemerkt, dass es da zwei Türen gegeben hat."

„Die Türen sind alle mit Buchstaben und Zahlen versehen.

Jeder, oder zumindest fast jeder, soll sich merken können, auf welchem Deck sich sein Auto befindet", erklärte Udo geduldig.

„Das ist mir nicht aufgefallen", kam es kleinlaut von Gabriela. „Ist auch egal. Lassen Sie uns gehen. Ich muss glücklicherweise auch diesen Abgang nehmen", meinte Udo.

Er nahm Gabrielas Gepäck und ging los. Diese folgte ihm sichtlich erleichtert und hatte ihre Magenprobleme vergessen.

Immer mehr Passagiere setzten sich jetzt in Richtung der Abgänge in Bewegung. Udo und seine neue Bekanntschaft kamen in dem Gedränge nur langsam vorwärts. Plötzlich fiel Gabriela ein, dass sie etwas extrem wichtiges, <u>für sie</u> extrem wichtiges, vergessen hatten.

„Udo, wir haben etwas vergessen", rief sie dem vor ihr gehenden Udo zu.

Der blieb stehen und drehte sich um. „Was haben wir vergessen?" wollte er wissen. Udo konnte sich nicht erinnern, etwas liegen gelassen zu haben.

„Nicht ein Gepäckstück", meinte Gabriela. „Wir müssen uns doch wiederfinden, wenn wir von der Fähre runter sind! Wie machen wir das? Das ist doch wichtig (*in erster Linie für mich*, dachte sie dabei), darum müssen wir das genau besprechen!"

Udo hatte schon gehofft, dass sie das nicht fragen würde, denn langsam aber sicher bereute er es versprochen zu haben, ihr jederzeit zu helfen.

Er überlegte kurz und meinte dann: „Wenn Sie das Schiff verlassen haben und durch den Zoll gekommen sind, fahren Sie auf die E39 in Richtung Stavanger. Die Ausfahrt kann man nicht verpassen, denn alles ist nach dem Verlassen des Hafengeländes groß und deutlich ausgeschildert. An der zweiten, ich wiederhole, an der zweiten Tankstelle auf der rechten Seite, halten Sie an, steigen aus und warten auf mich. Wenn ich vor Ihnen da sein sollte, mache ich es genauso. Habe ich mich verständlich ausgedrückt?"

„Natürlich", antwortet Gabriela pikiert. „Ich bin doch nicht blöd!"

Udo sah sie mit seinem charmantesten Lächeln an und meinte nur: „Ich will doch sicher gehen, dass wir uns auch wiedersehen!"

Das war nicht ganz ernst gemeint, aber Gabriela merkte es nicht. Sie bekam nur einen roten Kopf und erwiderte nichts.

Die beiden gingen weiter bis zu den Treppen, gingen ein Deck tiefer und nahmen den Abgang zu den Autodecks. Zwei Treppen tiefer hatte Gabriela die Qual der Wahl, rechte oder linke Tür. Sie entschied sich für die linke. Udo war froh darüber, denn er musste die rechte nehmen und übergab Gabriela ihr Gepäck mit den Worten: „Wir sehen uns später", und schob sie mit sanfter Gewalt in Richtung Tür.

Sie hatte auch keine Chance stehen zu bleiben, denn von oben kamen weitere Leute, die Gabriela regelrecht durch die Tür schoben. Diese hatte mit ihren vielen Gepäckstücken Probleme und geriet mehrmals ins Stolpern, aber sie konnte sich jedes Mal wieder rechtzeitig fangen.

Kaum hatte sich die Tür hinter Gabriela wieder geschlossen, drängelte sich Udo die beiden Treppen wieder nach oben.

Als er mit Gabriela zu den Autodecks ging, war ihm bewusst geworden, dass sich während der Überfahrt praktisch alles um diese Frau gedreht hatte. Dadurch war ihm erst jetzt, im allerletzten Moment eingefallen, dass er noch seine wertvolle Tasche in dem Schließfach gelassen hatte!

Udo ging so schnell wie möglich zu den Schließfächern und nahm seine Tasche heraus. Zufrieden, es noch geschafft zu haben, ging er dann zu seinem BMW, setzte sich samt Tasche hinein und wartete.

Gabriela war nicht darauf vorbereitet gewesen, das Udo sie einfach mit ihrem vielen Gepäck in diesem Gedränge alleine lassen würde. *Ich werde ihm zeigen, dass ich auch ohne ihn klarkommen kann*, dachte sie sich.

Gabriela trat auf das Autodeck und blieb erst einmal stehen, um ihren Mercedes zu suchen. Da sie ihn aber nicht fand, marschierte sie los.

Dass sie in die falsche Richtung ging, merkte Gabriela aber erst, als sie vor einer Wand stand und nicht weiter kam. Also wieder zurück und das auch noch mit dem immer schwerer werdenden Gepäck. Die holprigen Platten und der Lärm trugen auch nicht dazu bei, ihre Stimmung zu bessern.

Das änderte sich schlagartig, als sie wenige Meter vor sich ihr Auto sah.

Wäre Gabriela gleich in diese Richtung gegangen, dann hätte sie nur 20m laufen müssen. Die Erleichterung endlich das Auto gefunden zu haben, war aber ganz schnell größer als die aufsteigende Frustration, weil sie sich mit dem vielen Gepäck so lange hatte abschleppen müssen.

Gabriela verstaute ein Teil des Gepäcks im Kofferraum und den anderen auf der Rückbank.

Dann setzte sie sich ins Auto und genoss die Stille, welche sie umgab, als sie die Tür zu machte.

Durch die anstrengende Lauferei war sie durchgeschwitzt und von dem Erbrochenen hatte Gabriela immer noch einen ekeligen Geschmack im Mund. Sie hoffte jetzt nur, dass sie ohne Probleme vom Schiff herunter kam und auch nicht vom Zoll aufgehalten wurde.

Es dauerte noch eine ganze Weile, bis die Autos vor ihr sich in Bewegung setzten. Gabriela startete ihren Mercedes und fuhr langsam, den anderen Autos folgend, die klapprige Rampe hinunter.

Die ganze Autoschlange bewegte sich in Richtung Zoll. Als Gabriela dort ankam fuhr sie langsam an mehreren Beamten vorbei und wurde jedes Mal mit einem Handzeichen durch gewunken.

Ein voll beladener Passat Kombi, direkt vor ihr, hatte weniger Glück.

Er wurde raus gewunken und der Fahrer musste mit dem Auto in eine große Halle fahren, den Wagen abstellen und aussteigen. In der Halle standen schon mehrere Autos und Gabriela hoffte inbrünstig, dass Udo nicht dabei war. Sonst wäre alles umsonst gewesen, denn welcher Zoll würde einen Mann weiterfahren lassen, der eine Tasche bzw. einen Koffer voller Geld bei sich hatte?

Nachdem sie das Hafengelände verlassen hatte, fuhr Gabriela direkt in einen Kreisverkehr hinein. Das Schild mit dem Hinweis E39 Stavanger war wirklich nicht zu übersehen, genau wie Udo es gesagt hatte. Sie ordnete sich ein und nahm die entsprechende Ausfahrt.

Udo war schon vor ihr von der Fähre herunter und hatte die gleichen Gedanken wie Gabriela: bloß nicht im letzten Moment mit dem Geld erwischt werden! Richtig verstecken konnte er das Geld nicht. Es war zwar in einer unauffälligen Sporttasche, aber bei einer Kontrolle würde der Zoll schon nach einer Minute über diesen Fund jubeln!

Überhaupt war der norwegische Zoll richtig gründlich. Udo hatte selber gesehen, wie die Beamten Gepäck und Auto bis in die kleinste Ecke auseinander nahmen! So hilfsbereit und freundlich wie die Beamten auch waren, bei einer Kontrolle kannten sie keine Gnade!

Udo geriet schon ins Schwitzen, als er an den Beamten langsam vorbeifahren musste. Wenn er geahnt hätte, was er noch in seinem BMW spazieren fuhr, wer weiß, auf welche dummen Gedanken er dann gekommen wäre!

Er hatte Glück, passierte den Zoll und fuhr durch den Kreisverkehr in Richtung Stavanger. An der zweiten Tankstelle hielt er an und suchte nach Gabriela, aber die war noch nicht da. Udo stieg aus, stellte sich an sein Auto, um dann wie verabredet auf Gabriela zu warten.

Diese kam gar nicht dazu, noch einen Blick auf Kristiansand und den Hafen zu werfen, so sehr konzentrierte sie sich darauf, den richtigen Weg zu nehmen und Udo an der Tankstelle nicht zu verpassen, wenn er denn da sein sollte!

Die zweite Tankstelle kam in Sicht und schon von weitem sah sie Udo auf dem kleinen Parkplatz stehen. Sie war gerettet!

Gabriela fuhr ebenfalls auf den Parkplatz, stellte ihr Auto neben Udos ab und stieg aus.

„Ich bin froh, dass wir ab jetzt gemeinsam weiterfahren! Ich war schon etwas unsicher auf der Straße. Das fremde Land, die anderen Verkehrsschilder und dann auch noch so viele Autofahrer, die mir mit Lichthupe entgegen kamen! Das ist wirklich ungewohnt für mich!"

Gabriela erzählte natürlich nicht, dass sie Angst gehabt hatte, ihn nicht anzutreffen.

Udo sah sie an und musste schmunzeln. „Daran werden Sie sich bestimmt ganz schnell gewöhnen! Die Lichthupen werden wegfallen, wenn Sie zu jeder Tageszeit mit Licht fahren. Das ist nämlich in Norwegen Pflicht! Wenn die Polizei deswegen anhält, dann kostet es 30€."

Udo ging zu einem anderen Thema über. „Möchten Sie sich hier an der Tankstelle nicht etwas frisch machen und saubere Sachen anziehen? Die Toiletten sind hier immer sauber und Sie könnten sich problemlos dort etwas erfrischen machen.

Wundern Sie sich aber nicht, wenn Sie auf Deutsch nach Ihren Wünschen gefragt werden, denn viele Norweger sprechen ganz gut deutsch. Nicht vergessen, dass man sich nur mit DU anspricht, dass SIE ist der königlichen Familie vorbehalten!"

„Das mit dem umziehen und frisch machen ist eine gute Idee", meinte Gabriela. Sie öffnete den Kofferraum von ihrem Auto, stellte sich eine Tragetasche mit den neu gekauften Sachen zusammen und ging damit in die Tankstelle.

Udo folgte ihr, ging auch auf die Toilette und kaufte sich hinterher etwas zu essen, denn er hatte keine Lust sich länger das Knurren seines Magens anzuhören.

Er stellte sich wieder an sein Auto und genoss den Wind und die frische Luft nach dieser Überfahrt.

Das Wetter war besser als erwartet, denn der Sturm schien sich draußen auf See auszutoben. Am Himmel waren zwar viele Wolken zu sehen, aber diese brachten kein Regen.

Udo war noch mit vollen Backen am kauen, als Gabriela wieder in der Tür des Tankstelleneingangs erschien. Sie sah wieder umwerfend aus und Udos Blicke verfolgten jeden ihrer Schritte. Die neue, figurbetonte und saubere Kleidung, brachte ihren atemberaubenden Körper perfekt zur Geltung. Die dezent aufgetragen Schminke machte Gabriela zu einem absoluten Hingucker.

Bei Udo angekommen rümpfte sie etwas die Nase, als sie ihn kauen sah. Ihr Magen war immer noch nicht ganz zur Ruhe gekommen. Außerdem hatte sie eben vergeblich versucht ihren Boss zu erreichen.

Auch das trug nicht gerade zu ihrem Wohlbefinden bei…

Dennoch streckte Gabriela plötzlich dem überraschten Udo ihre Hand hin.

„Was für die Norweger gilt, dass sollte uns nur recht sein. Ich bin Gabriela und würde mich freuen, wenn DU mir noch länger zur Seite stehen würdest!"

Damit hatte Udo nicht gerechnet, trotzdem freute er sich sehr über das angebotene DU.

Er nahm Gabrielas dargebotene Hand und erwiderte: „Selbstverständlich werde ich DIR helfen soweit ich kann." Damit war auch das geklärt.

Die beiden verständigten sich darauf, dass Udo langsam voraus fuhr und Gabriela ihm folgte. Das kam ihr bekannt vor, nur das langsam fahren war dabei neu. Dann wollte

Udo wissen, wo sie ihre ganzen Sachen gelassen hatte.

„Die waren so schmutzig und am stinken, dass ich sie gleich weggeschmissen habe. Ich werde mir bei Gelegenheit neue kaufen."

Sie drehte sich um und wollte zum Auto gehen, blieb aber abrupt wieder stehen.

„Verdammt", sagte sie laut. „Ich habe in der Hose noch mein Handy!" Sie drehte sich wieder um, aber diesmal in die andere Richtung und ging so schnell sie konnte wieder in das Gebäude zurück.

Udo sah nur kopfschüttelnd hinter ihr her und wartete geduldig. Was sollte er auch anderes machen?

Gabriela kam genauso schnell wieder heraus, wie sie hinein gegangen war. Schon von weiten winkte sie Udo mit ihrem Handy zu.

„Ich habe es gleich gefunden", meinte sie zu Udo, als sie bei diesem angelangt war. „Aber so richtig funktioniert es nicht mehr."

„Was funktioniert denn nicht?" wollte Udo wissen.

„Ich habe dir doch von meiner Freundin erzählt, die als einzige weiß, dass ich in Norwegen bin. Doch wenn ich sie anrufe, bekomme ich keine Verbindung. Das war schon auf dem Schiff so und hat sich hier auf dem Land nicht geändert." „Hast du auch die richtige Ländervorwahl gewählt?" wollte Udo wissen. „Du weißt, das du nach Deutschland die 0049 vor die Nummer setzen musst?"

Nein, das wusste Gabriela nicht, bzw. sie hatte es ganz vergessen, denn sie hatte ja schon oft genug aus dem Ausland nach Deutschland telefoniert.

„Das habe ich doch glatt vergessen", meinte Gabriela zu Udo ziemlich kleinlaut. „Ich werde es nachher noch einmal versuchen."

Udo war ganz Gentleman und ging nicht auf diesen Fehler ein. Wenn er ehrlich war, dann konnte es ihm nur recht sein, dass Gabriela nicht nach seinem Handy fragte, denn er hatte keines!

„Wenn wir jetzt weiter fahren, denk daran das Licht einzuschalten und dich an die Geschwindigkeit zu halten", wurde Gabriela von Udo ermahnt.

„Wenn du etwas willst, betätigst du zwei Mal die Lichthupe und ich halte bei nächster Gelegenheit an. Wir haben jetzt 17:30 Uhr. Wenn wir gut durchkommen, dann sind wir gegen 19:00 Uhr in Farsund. Dort gibt es eine kleine Touristinformation. Da wird man uns bei der Suche nach einer Unterkunft weiter helfen und wir werden auch etwas finden."

Was Udo selber nicht aufgefallen war bei seiner Wortwahl, dass bemerkte Gabriela sofort. Er hatte nämlich gesagt: WIR werden etwas Passendes für UNS finden!

Das war genau das, was ihr in die Karten spielte und sie sich gewünscht hatte! Besser konnte es nicht laufen! Sie setzten sich in ihre Autos und fuhren los. Gabriela konnte noch einen Blick auf die Stadt Kristiansand werfen und nahm sich vor, möglichst nicht hierher zurückzukehren. Ihr Wunsch sollte in Erfüllung gehen.

Die Strecke war teilweise eine Berg- und Talbahn und sehr kurvenreich. Von der Schönheit der Natur bekam sie fast nichts mit, denn sie konzentrierte sich voll darauf Udo nicht aus den Augen zu verlieren.

Ganz im Gegensatz zu Gabriela versuchte Udo so viel wie möglich von dieser wilden und doch so traumhaften Landschaft in sich aufzunehmen. Dass er dabei auch Auto fahren und auf den Verkehr achten musste, war für ihn eher lästig.

Für Gabriela war der Stress perfekt, als ihr Handy klingelte und, wer sollte es anders sein, ihr Boss anrief.

Sogar Udo bemerkte bei einem seiner Blicke in den Rückspiegel, dass Gabriela scheinbar ein unangenehmes Telefongespräch führte. Sie hatte einen hochroten Kopf und schüttelte diesen hin und wieder. Dann wieder schien sie ins Telefon zu schreien, ein anderes Mal nickte sie stumm vor sich hin.

Udo war von diesem Schauspiel so gefesselt, dass er einmal beinahe falsch abgebogen wäre. Gabriela merkte das aber nicht, denn die hatte offenbar genug mit sich selbst zu tun.

Dann kam das, worauf Udo schon gewartet hatte: Gabriela betätigte die Lichthupe.

Der vorausfahrende Udo reagierte so, wie sie es abgesprochen hatten, er hielt bei nächster Gelegenheit an.

Es war ein schöner Parkplatz am Rande eines Waldes und ein kleiner Bach sang seine wilde Melodie.

Nachdem beide angehalten hatten, verließen sie ihre Autos und Gabriela holte mehrmals tief Luft.

„Was war los? Ich konnte im Rückspiegel sehen, dass du dich aufgeregt hast", wollte Udo wissen.

Gabriela sah ihn überrascht an, denn sie war gar nicht auf die Idee gekommen, dass er ihre Reaktionen in seinem Rückspiegel verfolgen konnte.

„Ich habe mit meiner Freundin gesprochen, du weißt, sie ist die einzige Person die weiß, warum ich hier bin. Sie hat mir schwere Vorwürfe gemacht und ich soll sofort wieder zurück kommen. Das mache ich natürlich nicht!" Gabriela log ohne rot zu werden, aber sie konnte Udo schließlich nicht sagen, mit wem sie wirklich gesprochen hatte.

Ihr Boss hatte sie richtig fertig gemacht und zum Schluss sogar eine Frist gesetzt, wann sie mit dem Geld wieder in Hamburg sein sollte. Indirekt hatte er ihr sogar gedroht und auch nahegelegt, Udo als Bauernopfer zu betrachten und nicht am Leben zu lassen!

Das musste Gabriela erst einmal verarbeiten! Sie war doch schließlich keine Mörderin! Doch wenn ihr eigenes Leben davon abhing...

Sie ging noch einige Male hin und her, bevor sie zu Udo sagte: „Laß uns weiter fahren, es ist alles wieder in Ordnung."

Dieser hatte nur zugehört und sie beobachtet. Er war sich nicht sicher, ob wirklich alles in Ordnung war, aber was sollte er machen? Er nickte nur, setzte sich ins Auto, wartete bis Gabriela auch soweit war und fuhr dann weiter.

Die weitere Fahrt verlief ohne Zwischenfälle und manchmal wurde sogar Gabriela durch die grandiose Landschaft in ihren Bann gezogen. Was sie auch noch nicht erlebt hatte, waren die vielen Tunnel, durch welche sie fahren mussten. Nachdem sie das erste Hinweisschild mit der Aufschrift FARSUND gesehen hatte, wusste Gabriela, dass ihre Fahrt nun bald zu Ende sein würde.

So war es dann auch. Völlig überraschend für sie, fuhren die beiden auf einmal über eine große Brücke, welche die engste Stelle eines Fjordes überspannte.

Udo fuhr absichtlich ganz langsam um sich und auch Gabriela die Möglichkeit zu geben, die phantastische Aussicht zu genießen.

Auf der rechten Seite war der Fjord, auf dem noch vereinzelt kleine Kutter und Segelschiffe zu sehen waren. Auf der linken Seite gab es viele kleine Inseln und dahinter das weite, offene Meer.

Als sie die Brücke überquert hatten, kamen die beiden an einer Tankstelle vorbei und fast direkt dahinter war ein großer Parkplatz auf den Udo jetzt fuhr. Er stellte das Auto ab und stieg aus. Gabriela parkte direkt neben ihm, tat es ihm gleich und sah sich erst einmal um.

Der Parkplatz war direkt am Fjord gelegen und sie brauchte nur wenige Schritte um an die Wasserkante des Fjordes zu gelangen.

Das Wetter war angenehm, kein Regen, kaum Wind und auch eine für diese Uhrzeit (19:15Uhr) eine angenehme Temperatur. Gabriela hörte das leise plätschern des Wassers und sah direkt gegenüber eine kleine Insel im Fjord, die von der Abendsonne in goldenes Licht getaucht wurde. Es lag schon etwas Beruhigendes in diesem Moment.

Gabriela wurde von Udo in die Wirklichkeit zurück geholt. „Komm, lass uns zur Touristinfo gehen. Sie ist gleich da vorne an der Ecke."

Er zeigte auf ein weißes Holzhaus, ungefähr 100m entfernt. *Woher weißt du das*, wollte Gabriela schon fragen, aber im letzten Moment war ihr eingefallen, dass Udo ja schon hier gewesen war. Darum nickte sie nur und ging mit ihm zusammen hinüber.

Bei dem Haus angekommen standen sie vor verschlossenen Türen. Jetzt, in der Vorsaison, war sie nur 2Std. vormittags geöffnet, wie sie einem Hinweisschild entnehmen konnten.

Auf diesem Schild waren verschiedene Hinweise in drei Sprachen, norwegisch, englisch und deutsch zu lesen.

„Was machen wir jetzt?" wollte Gabriela von Udo wissen. „Da wir hier kein Hotel haben in dem wir uns einquartieren könnten, müssen wir uns auch nicht groß was einfallen lassen. Wir übernachten in unseren Autos! Das habe ich schon einmal gemacht und es ist überhaupt kein Problem!"

Im Auto übernachten? Gabriela glaubte nicht gehört zu haben. „Im Auto übernachten? Das ist nicht dein ernst", reagierte sie so wie Udo es erwartet hatte.

„Doch, das ist es", meinte Udo. „Nur 50m von hier ist der Supermarkt, wie du siehst. Dort kaufen wir Wurst, Fleisch, Brot und etwas zu trinken.

Dann noch einen Einmalgrill und wir verbringen einen ersten schönen Abend mit grillen am Wasser. Kurz vor dem Parkplatz ist doch diese Tankstelle. Die hat rund um die Uhr auf und wir können die Toilette benutzen und uns frisch machen. Was hältst du davon?" wollte er wissen.

Gabriela war anzumerken, dass sich ihre Begeisterung in Grenzen hielt. Aber etwas Besseres konnte sie auch nicht vorschlagen, also ging sie mit Udo die paar Meter zum Supermarkt.

Auch wenn sie es nicht zugab, Gabriela war schon neugierig auf den Markt. Wie würde es wohl sein, in Norwegen in einem Supermarkt einzukaufen? Vor dem Geschäft standen die Einkaufswagen, sie nahmen sich einen und gingen hinein.

Gabriela stand im Geschäft und sah sich erst einmal um. Von der Aufmachung her, hätte sie auch in einem deutschen Markt sein können. Leise Musik im Hintergrund, Menschen die geschäftig hin und her gingen und Regale auffüllten, dass piepsen der Kasse, wenn Ware eingescannt wurde. All das war wie in Deutschland.

Kunden gingen mit ihren mehr oder weniger gefüllten Einkaufswagen zur Kasse.

Andere standen zusammen, unterhielten sich und das war der große Unterschied, Gabriela verstand kein Wort! Sie wusste nicht warum, aber das beunruhigte sie etwas, obwohl ihr klar war, dass dieses Gefühl absolut unbegründet war.

Sie ging langsam durch die Gänge und schaute sich um. Udo war los um sich die Teile zu besorgen von denen er gesprochen hatte, ohne sich um Gabriela zu kümmern.

Diese nahm einige von den Lebensmitteln in die Hand und betrachtete sie genauer. Natürlich konnte sie sehen um was es sich handelte, zumindest in den meisten Fällen. Es gab aber auch Sachen, die sie noch nie gesehen hatte.

Die Bedeutung einiger Wörter ließ sich ganz leicht ableiten. Appelsin, Nudler, Mel oder Brød konnte wohl jeder deutsche Tourist übersetzen. Aber was war Rømme, Pølse, Ost oder Fenar Lår?

Gabriela beschloss sich keine Gedanken darüber zu machen, denn sie wollte so schnell wie möglich wieder nach Hamburg.

„Hast du dich umgesehen und etwas mit den norwegischen Lebensmitteln vertraut gemacht?" wurde sie auf einmal von hinten angesprochen. Udo hatte alles wovon er gesprochen hatte, und noch einiges mehr, im Einkaufswagen.

Gabriela drehte sich um und antwortete: „Ein Großteil der Lebensmittel sind ja die gleichen wie in Deutschland und die anderen werde ich wohl auch noch kennenlernen."

„Dann laß uns zur Kasse gehen. Bis wir dann mit grillen soweit sind, dauert es noch einige Zeit und ich habe Hunger."

Gabriela wollte ihn schon fragen, warum er ständig ans essen denkt, da merkte sie, dass auch ihr Magen anfing zu knurren. „Gut", meinte sie mit einem Anflug von Humor. „Auf zum ersten Grillabend in Norwegen."

Gabriela schob ihren Auftrag immer weiter von sich. Bis jetzt hatte sie nur sporadisch einen Blick in Udos Auto werfen können. Vielleicht ergab sich in der Nacht eine Möglichkeit genauer nachzusehen.

Etwas anderes kam für sie nicht in Frage. Udo zu beseitigen, wie ihr Boss sich ausgedrückt hatte, löste Gänsehaut bei ihr aus. Sie hatte ja noch ein paar Tage Zeit, bis die Frist um war.

Während die beiden sich in eine der Schlangen einreihten, die sich vor den Kassen gebildet hatten, meinte Gabriela zu Udo: „Hoffentlich finden wir morgen ein Ferienhaus oder eine Ferienwohnung. Eine Nacht im Auto schlafen geht, aber öfter muss nicht sein!"

„Bei der Touristinfo wird man uns schon helfen. Da mache ich mir keine Sorgen", erwiderte Udo.

„Ihr sucht ein Ferienhaus? Da kann ich euch helfen", ertönte hinter den beiden eine männliche Stimme. Udo und Gabriela drehten sich überrascht um.

Vor ihnen stand ein Mann von ca. 1,90m und stattlicher Figur. Dunkelblonde Haare und blaue Augen, welche freundlich auf die beiden blickten, rundeten das Erscheinungsbild ab. Udo schätzte ihn auf ca. 60 und Gabriela auf Mitte 50.

„Ich habe zufällig euer Gespräch gehört. Ihr wollt Urlaub machen und habt noch keine Wohnung?" Sein Deutsch war gut und der Akzent machte ihn sympathisch.

„Das stimmt", antwortete Udo. „Darum wollten wir die Nacht im Auto verbringen."

„Ich habe zwei Ferienhäuser und eines davon ist frei. Es ist zwar groß, aber das macht nichts. Das Haus ist in Borhaug, 14km von hier. Übrigens, ich heiße Arian."

Mit diesen Worten hielt er den beiden seine Hand hin. Gabriela und Udo schüttelten ihm nacheinander die Hand und stellten sich vor.

Weiter ging das Gespräch erst einmal nicht, denn die beiden waren nun die nächsten.

Sie legten ihre Waren auf das Band und bezahlten. Das Bezahlen machte Udo ganz automatisch, während Gabriela die Sachen in zwei Tragetaschen packte.

Jetzt war Arian an der Reihe und die beiden traten zur Seite und berieten sich.

„Ich bin dafür, das Ferienhaus zu nehmen, egal wie groß und teuer es ist. Wir teilen uns sowieso den Mietpreis", meinte Gabriela. Sie hatte natürlich auch einen Gedanken im Hinterkopf: je eher eine gemeinsame Wohnung, umso eher die Möglichkeit das Geld zu finden!

„Ich habe auch nichts dagegen", meinte Udo. „Aber Arian soll uns noch mehr erzählen!"

Nachdem dieser seinen Einkauf bezahlt hatte, gesellte er sich zu den beiden und wollte wissen ob sie es sich überlegt hätten.

„Erzähl uns noch mehr über das Haus. Was kostet es, wie groß ist es, welche Ausstattung hat es", forderte Gabriela ihn auf.

Arian fing an zu erzählen. „Das Haus hat 140m² und zwei Bäder, eines nur mit Dusche. Das andere mit Dusche und Badewanne. Die Küche ist komplett mit allem ausgestattet und es gibt sogar zwei Gefriertruhen. Eine davon ist 2m lang! Im Wohnzimmer habt ihr einen

Kaminofen und einen LED-Fernseher. Es gibt drei Schlafzimmer und einen Garten mit Möbel und Grill. Ich mache für euch einen guten Preis. Ihr zahlt 750€ die Woche und habt alles inklusive, also Strom, Wasser, Endreinigung und einen Kutter. Den könnt ihr zum Angeln oder einfach so zum rausfahren nehmen. Nur 1,5km ist Lista Fyr, unser Leuchtturm, entfernt. Das wäre alles. Was meint ihr?"

„Lista Fyr? Davon habe ich schon gehört", meinte Udo.

„Warst du schon mal in Norwegen?" wollte Arian natürlich sofort wissen.

„Ja, in Lyngdal und auch zweimal in der Nähe von Farsund", erzählte Udo und sah Gabriela noch einmal fragend an.

Arian schien ganz nett zu sein und wenn das Haus auch sehr groß war, das hatte aber einen Vorteil den man nicht unterschätzen durfte und an den beide dachten - man konnte sich aus dem Weg gehen.

Gabriela nickte. Beide verstanden sich zum ersten Mal ohne Worte und sie dachten in diesem Moment dasselbe: Hauptsache ein Dach über dem Kopf und ein Bett zum schlafen! Udo wandte sich wieder an Arian.

„Wir sind einverstanden! Fahr du voraus und wir folgen dir."

Per Handschlag wurde das Geschäft besiegelt. „Wir stehen dahinten auf dem großen Parkplatz direkt am Wasser", fiel Gabriela ein.

„Das macht nichts", meinte Arian. „Ich komme dahin und hole euch ab."

Udo und Gabriela gingen zum Parkplatz zurück. Sie war froh, dass alles so gelaufen war, wie sie es sich vorgestellt hatte.

Kaum standen die beiden bei ihren Autos, kam ein alter Van auf den Parkplatz gefahren. Am Steuer des roten Wagens saß Arian.

Der winkte den beiden zu und fuhr langsam vom Parkplatz herunter. Gabriela und Udo folgten ihm sofort. Der Norweger fuhr aber so, dass beide ohne Problem folgen konnten.

Die Fahrt nach Borhaug führte durch flaches und für norwegische Verhältnisse, relativ dicht bewohntes Gebiet.

Sie kamen durch eine kleine Stadt mit dem Namen Vanse. Dort bogen sie mitten in der Stadt links ab und hatten laut Beschilderung nur noch 5km bis Borhaug.

Gabriela machte sich gar nicht erst die Mühe den Weg zu merken. Sie verspürte jetzt nur noch das Bedürfnis nach einer ausgiebigen Dusche, etwas zu essen und einem Bett zum schlafen und hoffte einfach, dass ihre Fahrt bald zu Ende sein würde.

Udo war da ganz anders. Er prägte sich den Weg genau ein. Auch was es unterwegs an Besonderheiten gab, merkte er sich. Das waren z.B. ein Supermarkt, ein Gartencenter, ein Brennholzlieferant und auch ein gut erhaltener Bunker aus dem 2. Weltkrieg. Solche Bunker oder Artilleriestellungen gab es an der Küste immer wieder wie Udo wusste.

Es dauerte nicht lange, da fuhr die dreier Kolonne fast direkt am Meer entlang. Zwischen ihnen und dem Meer war manchmal nur der Strand und manchmal auch Wald.

Nach ca. 10Min. sahen sie von weitem ein Dorf und das Ortseingangsschild bestätigte die Vermutung der beiden Deutschen, sie waren in Borhaug.

Die Straße auf der sie sich befanden, führte scheinbar mitten durch den Ort. Auf beiden Seiten wurde die Straße von weißen, manchmal auch grünen und sehr selten von roten Holzhäusern begrenzt. In der Mitte des Dorfes war ein großes Gebäude. Es war wohl die Schule, wie die beiden jeder für sich lesen bzw. erraten konnten, denn in großen Buchstaben stand dort BORHAUG SKOLE zu lesen.

Direkt hinter der Schule bog Arian links ab und Gabriela und Udo sahen direkt auf den Hafen. Der Norweger fuhr noch etwa 500m weiter, hielt an und stieg aus, was die beiden natürlich auch taten.

Udo war von der Größe des Hafens erstaunt. Er warf einen Blick auf die Boote.

Es waren keine großen dabei und auch nur ein kleines Segelboot.

Die meisten Boote waren für den Fischfang ausgerüstet. Weit hinten, auf der linken Seite, waren auch größere Trawler zu sehen.

Gabriela warf einen skeptischen Blick auf den Hafen und die Boote, welche leise vor sich hin dümpelten. Auch das kreischen der Möwen war für sie gewöhnungsbedürftig.

Arian wartete geduldig bis die beiden bei ihm waren und fing an zu erklären. „Ich wollte euch nur etwas zeigen, bevor wir zum Ferienhaus fahren. Das ist auch nur 1 Min. von hier. Mein Haus ist dort oben auf dem Hügel zu sehen und euer Haus ist direkt dahinter", er zeigte auf ein großes weißes Haus. „Hier unten am Hafen habt ihr gleich dort vorne links einen kleinen Supermarkt, der auch am Sonntag für 3 Std. geöffnet hat. Rechts von euch ist ein Kiosk in dem es auch Kleinigkeiten zu essen gibt, z.B. Hamburger, Hot Dogs, Pommes usw."

Udo und Gabriela waren erstaunt, dass Arian ihnen dieses zuerst zeigte. Jeder andere wäre gleich zum Ferienhaus gefahren.

„Die Mietwohnungen über dem Supermarkt, die Sitzbänke da vorne am Wasser, die Windschutzelemente mit den Blumenbeeten dahinter und auch ganz links der Fischereihafen mit der Fischfabrik, alles wurde in den letzten Jahren neu geschaffen!"

Der Norweger war sichtlich stolz auf das, was da geschaffen worden war!

„Wenn ihr euch umdreht, seht ihr direkt hinter uns mein anderes Ferienhaus, KOKSBUA genannt. Aber das ist zurzeit von Gästen bewohnt. Wir fahren jetzt rechts diese Straße hoch und oben links, dann sind wir schon fast bei mir."

Mit diesen Worten beendete er die kleine, kostenlose Fremdenführung, setzte sich wieder ins Auto und fuhr mit den beiden im Schlepp die Straße hinauf.

Udo hatte die ausführlichen Erklärungen ihres zukünftigen Vermieters mit Interesse verfolgt, während Gabriela alles nur über sich ergehen ließ. Sie wollte einfach nur noch unter die Dusche, etwas essen und ins Bett.

Nachdem sie wie erklärt links abgebogen waren, fuhren sie noch 300m steil bergauf, bevor sie wieder links abbogen. Nach gut 100m kam auf der linken Seite ein großes grünes Haus.

Dahinter war ein breiter Schotterweg zu sehen. Der Norweger bog auf diesen Weg ein und die beiden folgten ihm natürlich.

Vor den dreien lag das große weiße Haus, welches sie vom Hafen aus gesehen hatten. Arian hielt an, stieg aus und Gabriela und Udo taten es ihm nach.

Die beiden sahen links das grüne Haus mit weißen Fenstern und einer weißen Tür. Davor war eine Rasenfläche, welche von einer niedrigen Steinmauer eingerahmt wurde.

Die Mauer wies aber drei Durchgänge auf. In der linken Ecke stand ein Holztisch mit zwei Holzbänken und einem Grill daneben.

Udo schaute nach rechts und an dem weißen Haus vorbei. Er sah direkt auf die glitzernde Oberfläche des Meeres. Gabriela wurde ungeduldig. Sie hatte genug gesehen und wollte nur noch ins Haus.

Arian schien das zu spüren, denn er sagte: „Kommt, lasst uns hinein gehen, es ist offen." Er ging die fünf Stufen zum Haus hinauf, öffnete die Tür, trat ein und ließ die beiden an sich vorbei.

„So, wir sind hier im Flur, wie ihr seht", meinte Arian. „Die Tür links führt in eines der Schlafzimmer, dort rechts geht es zum Wohnzimmer und geradeaus in die Küche."

Er ging vor und zeigte Gabriela und Udo die Einrichtung der Küche. Auf der rechten Seite war ein Durchgang zum Esszimmer und von diesem war das Wohnzimmer durch zwei Schiebtüren getrennt.

Dort gab es ein großes Sofa und noch ein kleineres. Dazu der angesprochene Fernseher, der Kaminofen und ein kleines Schränkchen.

„Ihr habt hier W-LAN und für den Ofen bringe ich gleich Brennholz und heize ihn an", erklärte Arian.

Sie gingen zurück in die Küche, denn im hinteren Teil war links noch eine Tür. Öffnete man diese, stand man auf einem kleinen Flur.

Ging man einfach geradeaus durch die nächste Tür, stand man in einem Badezimmer mit Dusche und Waschmaschine.

Links ging eine Treppe nach oben, die sie nun alle drei hoch gingen. Oben angekommen standen sie wieder auf einem Flur und Arian erklärte weiter.

„Hier rechts ist ein Schlafzimmer und da vorne links noch ein weiteres. Die Tür in der Mitte vom Flur, geht in das zweite Bad mit Dusche und Badewanne. Hinter der Tür direkt daneben ist der Sicherungskasten."

Er machte die Tür auf und zeigte hinein. „Ihr habt die Wahl, wo wollt ihr schlafen?"

Gabriela meinte sofort: „Ich schlafe unten, dann brauche ich das Gepäck nicht soweit schleppen." „Na gut", meinte Udo. „Dann nehme ich hier oben das Linke." Arian war überrascht, sagte aber nichts.

Gabriela warf einen Blick in das Badezimmer und Udo in sein Schlafzimmer.

Beim Anblick des Bettes fiel ihm etwas ein. Er ging zurück zu den anderen beiden.

„Ich habe keine Bettwäsche! Hast du welche, Gabriela?" wollte er von ihr wissen. Die sah ihn total überrascht an. „Nein! Daran habe ich nicht gedacht!"

„Das ist kein Problem", mischte sich Arian ein. „Ihr könnt von mir welche ausleihen. Dann gehe ich jetzt und komme mit Bettwäsche und Brennholz für den Ofen wieder."

Mit diesen Worten ging er die Treppe hinunter.

Unten drehte er sich noch einmal um und rief hinauf: „Eure Autos könnt ihr auf dem kleinen Rasenstück neben dem Weg parken."

Gabriela und Udo standen oben auf dem Flur und sahen sich einen Augenblick stumm an. Gabriela brach das Schweigen und meinte: „Komm, lass uns die Autos ausräumen."

Sie hoffte natürlich, dass dabei unauffällig einen Blick in Udos Auto werfen konnte.

Soviel Geld konnte ja nicht einfach verschwinden!

„Wenn wir dann mit aus- und einräumen, duschen und umziehen soweit sind, kannst du vielleicht diesen komischen Grill anmachen, den du in der Tasche hast. Würstchen und Fleisch dafür haben wir doch auch noch."

„Na klar, das mache ich", erwiderte Udo, ohne zu merken, dass Gabriela dabei war, das Kommando zu übernehmen. Aber das war für Udo ja normal, andere bestimmten über ihn und sein Leben!

Die beiden gingen zu ihren Autos und beeilten sich ihr Gepäck ins Haus zu schaffen. Das heißt, Gabriela ließ sich etwas mehr Zeit dabei und beobachtete unauffällig welche Gepäckstücke Udo ins Haus trug.

Das was er eingekauft hatte, ließ dieser gleich in der Küche auf dem Tisch stehen. Jeder musste mehrmals gehen und beim letzten Mal ging sie etwas näher zu Udo.

So konnte sie unauffällig einen Blick in den Kofferraum werfen, aber der war leer!

Nachdem Udo die Kofferraumklappe geschlossen hatte, war der Blick in das Innere des Wagens für Gabriela frei, doch auch da war nichts zu sehen. Sie war sich jetzt fast sicher, dass Geld musste im Haus sein!

Sie ging ins Haus und stellte ihr restliches Gepäck ins Schlafzimmer.

Dann ging sie wieder zum Auto damit sie es umparken konnte. Udo hatte das schon getan und wartete vor seinem Auto auf sie, denn Arian kam gerade zu ihnen herüber.

Er hatte einen großen Korb voll mit Brennholz in der Hand und neben ihm ging eine Frau mit Bettwäsche im Arm.

„Hallo, meine Frau Elisabeth bringt euch die Bettwäsche", stellte er sie vor. „Leider spricht sie kein Deutsch, aber fließend Englisch."

Udo und Gabriela stellten sich, auf Englisch, vor und begrüßten sie freundlich. Udo betrachtete sie genau und fand, dass Arian eine hübsche Frau hatte, die aber auch deutlich jünger war wie er.

Gabriela hingegen betrachtete sie von Frau zu Frau und entschied: die ist keine Konkurrenz für mich.

Elisabeth gab die Bettwäsche einfach an Gabriela weiter, lächelte die beiden noch einmal an, drehte sich um und ging zurück ins Weiße Haus.

Die Bettwäsche hatte Herzchen aufgedruckt und war mit *I Love you* beschriftet. Gabriela zog ein unbeschreibliches Gesicht, während Udo sich ein Grinsen nicht verkneifen konnte.

Arian ging nun mit den beiden ins Haus. Während Gabriela in ihrem Schlafzimmer verschwand, blieb Udo bei ihm, um zu beobachten wie dieser den Ofen anheizte.

„Das Holz brennt und bald wird es hier richtig warm werden. Wenn du Holz brauchst, nimmst du es dir einfach aus dem Schuppen, rechts neben dem weißen Haus. Alles andere besprechen wir morgen", mit diesen Worten verabschiedete sich der Norweger und ging.

Darauf hatte Gabriela nur gewartet, denn sie konnte von ihrem Fenster genau sehen, was draußen geschah. Sie kam aus ihrem Zimmer und drückte Udo seinen Teil der Bettwäsche in die Hand.

„Viel Spaß mit deinen Herzchen", meinte sie. „Ich gehe erst einmal duschen!" Gabriela zog sich in ihr Zimmer zurück, suchte das zusammen was sie zum Duschen brauchte und ging ins Badezimmer. Erst jetzt viel ihr auf, wie neu hier doch alles wirkte. Scheinbar war das Bad vor kurzem renoviert worden.

Als sie unter der Dusche stand und die warmen Wasserstrahlen ihr ein lang ersehntes *ich fühl mich wohl* vermittelten, vergaß sie alles andere. Sowohl Udo und das Geld, aber auch ihren Boss, dem sie noch eine SMS mit ihrer Adresse geschickt hatte.

Udo hingegen dachte sehr wohl an das Geld. Nachdem er sein Bett bezogen hatte, hörte er unten Gabriela ins Badezimmer gehen. Darauf hatte er gewartet! Vorhin, als Arian die Tür zu dem kleinen Raum mit dem Sicherungskasten geöffnet hatte, da war Udo durch Zufall etwas aufgefallen.

In der Decke war noch eine Tür, die wirklich nicht auf den ersten Blick zu sehen war, zumal es in dem Raum auch kein Licht gab.

Udo ging mit seiner Geldtasche in den Raum, nicht ohne vorher noch ein Bündel Geldscheine herauszunehmen.

Mit seiner kleinen Taschenlampe, die er immer noch bei sich hatte, leuchtete er die Decke ab und fand einen Haken in der Tür. Udo stellte sich auf die Zehenspitzen und zog daran. Die Tür ließ sich herunter ziehen, zusammen mit einer kleinen, wackligen Leiter.

Udo zog die zusammengeschobene Leiter auseinander und konnte fast ohne Probleme, es war sehr eng, mit seiner Tasche nach oben gehen. Er befand sich nun direkt unter dem Dach des Hauses.

Es standen und lagen nur ein paar leere Kartons und alte Bretter herum. Auf der letzten Stufe der Leiter stehend, konnte er seine Tasche in einen der leeren Kartons stellen.

Zufrieden mit seinem Werk stieg er wieder die Leiter hinunter.

Udo konnte sich zwar nicht vorstellen, dass sich Gabriela für seine Tasche interessieren würde, wenn er diese im Schlafzimmer hätte stehen gelassen.

Er ließ Leiter und Tür wieder einrasten und wollte in sein Zimmer gehen. Udo hörte unten eine Tür auf und zu gehen, dann die Schritte von Gabriela und nur wenige Augenblicke später auch ihre Stimme.

„Udo, wo bist du? Hast du schon mit dem grillen angefangen?"

Die hat aber Humor, dachte er. „Nein", rief er hinunter. „Ich gehe jetzt auch duschen. Du kannst doch schon mal die Tragetaschen mit den ganzen Sachen draußen auf den Holztisch stellen."

Er hörte einige unverständliche Worte von ihr, zuckte mit den Schultern, holte seine Sachen aus dem Schlafzimmer und ging duschen.

Gabriela war nicht begeistert davon, dass Udo noch nicht angefangen hatte. Sie nahm die Tragetaschen und wollte mit ihnen nach draußen gehen. Dann fiel ihr Blick auf einen Autoschlüssel der hinter den Taschen lag. Es war Udos Schlüssel!

Gabriela überlegte nicht lange. So eine Gelegenheit kam vielleicht nie wieder!

Udo war unter der Dusche und sie konnte sein Auto durchsuchen. Es könnte ja sein, das sie vorhin etwas übersehen hatte. Möglicherweise hatte Udo das Geld oder ein Teil des Geldes ausgepackt und Bündelweise unter den Sitzen, beim Reserverad oder in anderen Hohlräumen versteckt. Sie musste sicher sein und sich überzeugen!

Gabriela nahm den Schlüssel, ging schnell zum Auto und fing an es zu durchsuchen. Sie suchte so schnell und gründlich wie es möglich war. Vom Kofferraum bis vorne unter den Sitzen. Gabriela fand kein Geld, nur im Handschuhfach, da fand sie etwas, auf das sie überhaupt nicht vorbereitet war.

Sie fand eine Pistole mit aufgeschraubten Schalldämpfer, einem vollen Magazin und einem ebenfalls vollen Reservemagazin danebenliegend! Gabriela überlegte nicht lange. Sie nahm die Pistole, steckte sie hinter ihren Hosenbund und das zusätzliche Magazin in die Hosentasche.

Für sie war der Umgang mit Waffen nichts Ungewöhnliches. Ihr Boss hatte nämlich in einem seiner Häuser einen illegalen Schießstand im Keller eigerichtet.

Dort hatte Gabriela den Umgang und das Schießen mit verschiedenen Waffen gelernt.

Das Udo die Waffe vermissen würde, darauf kam Gabriela nicht. Die Gefahr bestand aber nicht, denn Udo hatte bis jetzt nicht einmal einen Blick in das Handschuhfach geworfen.

Gabriela schloss das Auto ab, ging schnell ins Haus und versteckte die Waffe und das Magazin in ihrem Kleiderschrank zwischen den vielen, inzwischen leeren, Tragetaschen.

Jetzt erst hatte sie Zeit zum nachdenken. Wofür brauchte Udo diese Waffe? War er ein Killer, der sich eine absolut perfekte Tarnung aufgebaut hatte? Solch eine Waffe mit Schalldämpfer hatte doch niemand zur Selbstverteidigung. Nur ein Profi brauchte diese Waffe! Trotzdem, so seltsam es klingen mochte, wenn Gabriela in sich hinein horchte, spürte sie, dass von Udo keine Gefahr ausging.

Dann legte sie den Schlüssel wieder auf den Tisch und horchte nach oben, wo sie die Schritte von Udo hören konnte, der offensichtlich mit duschen fertig war.

Kurz darauf kam Udo die Treppe herunter und ging zu Gabriela. Die empfing ihn auf dem Sofa liegend. Obwohl sie einen bequemen und weiten Hausanzug anhatte, fand Udo bei ihrem Anblick keine Worte.

Das brauchte er glücklicherweise auch nicht, denn Gabriela übernahm das Reden.

„Wenn du damit einverstanden bist, habe ich mir folgendes überlegt:

Du hast ja nicht nur Sachen zum Grillen eingekauft, sondern klugerweise auch Brot, Butter, Käse und sogar Bier. Was hältst du davon, wenn wir uns heute damit begnügen und morgen Mittag grillen? Außerdem ist es ganz schön kalt geworden und dunkel wird es auch."

Udo musste schon wieder staunen, denn das waren auch seine Gedanken gewesen. Er hatte nur nach Worten gesucht, Gabriela das schmackhaft zu machen.

Dann meinte er: „Genau das habe ich auch gedacht. Dann lass uns schnell den Tisch decken, damit wir endlich essen können."

Er nahm die Tragetaschen, stellte sie im Esszimmer auf die Erde und bat Gabriela alles auf den Tisch zu stellen, was sie brauchen würden. Udo selbst wollte Teller und Besteck besorgen.

Seufzend und etwas widerwillig erhob sich Gabriela und tat um was Udo sie gebeten hatte. Nachdem Udo Teller und Besteck auf den Tisch gestellt hatte, öffnete er für jeden eine Flasche Bier.

Bevor sie anfingen zu essen, prosteten sie sich zu und Udo sagte: „Auf einen schönen gemeinsamen Urlaub!"

Gabriela sah ihn an, lächelte und nickte nur. Während ihrer kargen Mahlzeit wechselten die beiden kein Wort, denn jeder wartete darauf, dass sein Gegenüber anfing.

Udo fühlte sich wieder in seine Vergangenheit zurück versetzt. In den Pausenraum der Firma bei der er als Leiharbeiter eingesetzt war.

Die Plätze rechts und links neben ihm blieben immer frei, so als hätte er eine ansteckende Krankheit. Um ihn herum wurde geredet, aber es redete keiner mit ihm. Es wurde gelacht, meistens und ganz offen über ihn. Udo hatte immer getan, als würde er es nicht merken.

Wenn er es nicht mehr aushalten konnte, ging er wieder an seine Arbeit, bevor die Pause zu Ende war. Das wiederum kam bei seinen Kollegen nicht gut an, denn er schien sich dadurch beim Meister einschleimen zu wollen. Wenn Udo sitzen blieb bis zur letzten Minute, dann hieß es, *der kommt schon wieder zu spät an seinen Arbeitsplatz*. Egal was er machte, es war immer verkehrt.

Gabriela bemerkte die Veränderung, welche an ihrem Gegenüber vor sich ging ganz genau, aber sie konnte es sich nicht erklären und sie traute sich auch nicht zu fragen. Die starren, ja geradezu leblosen Augen und der traurige Gesichtsausdruck, luden nicht ein zum Fragen stellen.

So blieb es bei diesem sehr seltsamen Abendessen ruhig und still.

Hinterher räumte Udo die Teller und das Besteck in den Geschirrspüler.

Dann wünschte er Gabriela eine gute Nacht und ging mit dem Hinweis, dass er sehr müde sei, nach oben. Gabriela stellte, bis auf das Brot, alle anderen Lebensmittel in den Kühlschrank. Dann machte sie den Fernseher an und legte sich auf das Sofa.

Udo hatte sich noch heimlich ein Glas mitgenommen. Dieses füllte er bis zur Hälfte mit dem guten Whisky, den er schon in Deutschland gekauft hatte. Er legte sich so wie er war auf sein Bett. Udo wollte einfach alleine sein, mit niemanden reden, über seine Situation nachdenken und den Whisky genießen. Das mit dem Nachdenken klappte aber nicht so richtig. Der Alkohol und die Müdigkeit gewannen die Oberhand, Udo schlief auf dem Bett liegend ein.

Gabriela war noch einmal vom Sofa aufgestanden und hatte Holz in dem Ofen nachgelegt.

Es wurde wieder richtig schön warm im Wohnzimmer und Gabriela dachte auf dem Sofa liegend über ihre seltsame Situation nach.

Sie war hier in Norwegen zusammen mit einem für sie fremden Mann in diesem Ferienhaus.

Wenn sie nur nicht den Auftrag hätte, diesem Mann das Geld wieder abzunehmen, könnte es sogar ein richtig schöner Urlaub werden.

Udo selber gab ihr aber auch Rätsel auf. Warum wollte er ausgerechnet in dieses Land? Was wollte er hier? Wie war er an das Geld gekommen? Gabriela hatte von ihrem Boss nichts darüber erfahren! Welche Rolle spielte die Waffe? War Udo mit Hilfe der Waffe an das Geld gekommen, oder hatte er sogar noch etwas Besonderes damit vor?

Egal wie Gabriela es drehte und wendete, sie musste alles daran setzen ihre Aufgabe möglichst schnell zu erfüllen! Wenn sie es nicht schaffte, war auch ihr Leben keinen Cent mehr wert!

Es kam wie es kommen musste, Gabriela wurde müder und müder – sie schlief ein. In der Nacht, gegen 1:00 Uhr, wurde sie wach. Sie machte den immer noch laufenden Fernseher aus, drehte sich um und schlief weiter.

Gabriela war es dann auch, die als erste wach wurde. Ein Blick auf die Uhr versetzte sie in Erstaunen, es war 9:20 Uhr! Sie horchte nach oben, aber es war von Udo nichts zu hören.

Dafür hörte sie von draußen laute Kinderstimmen. Gabriela warf einen Blick aus dem großen Fenster und sah drei spielende

Kinder auf dem Rasen vor dem Weißen Haus. *Das sind bestimmt die Kinder von Arian und Elisabeth*, dachte sie.

Gabriela überlegt kurz und ging dann die Treppe nach oben. Die Tür zu Udos Schlafzimmer stand auf und als sie hinein ging fand sie Udo schlafend und noch voll bekleidet auf dem Bett liegen. Auf dem kleinen Schränkchen neben seinem Bett stand ein leeres Glas und eine angefangene Flasche Whisky.

Gabriela ging weiter auf Udo zu, blieb vor seinem Bett stehen und rief ziemlich laut: „Udo, aufwachen! Wir haben lange genug geschlafen! Es ist gleich 9:30 Uhr und Zeit zum Frühstück!"

Udo schreckte hoch. Er musste sich erst einmal sammeln und überlegen wo er gerade war. Udo sah Gabriela an und meinte mit einem herzhaften Gähnen: „Guten Morgen Gabriela! Wie hast du geschlafen?"

„Ich habe gut geschlafen und möchte jetzt duschen und dann frühstücken".

Das sie auf dem Sofa geschlafen hatte, wollte Gabriela ihm nicht gerade auf die Nase binden. „Gut", antwortete Udo. „Das machen wir so." Er sah etwas verlegen auf die Whiskyflasche und setzte sich auf.

Gabriela drehte sich um und ging nach unten in ihr Zimmer.

Kurz darauf ging sie in Richtung Badezimmer. In diesem Moment kam Udo die Treppe herunter, blieb abrupt stehen und bekam einen roten Kopf.

Gabriela war nämlich gerade aus der Küchentür getreten und stand nun auf dem kleinen Flur zum Badezimmer.

Sie hatte sich ihre Sachen über den Arm gelegt und stand nur mit einem kleinen Slip bekleidet vor Udo!

Dieser fing an zu stottern: „Oh, oh Entschuldigung! Ich konnte ja nicht wissen…"

Auch wenn ihm diese Situation sichtlich peinlich war, konnte er die Augen nicht von Gabriela wenden. So eine hübsche Frau mit dieser perfekten Figur und dann auch noch fast nackt, nein, so eine Frau hatte er schon ewig nicht mehr gesehen!

Das Beste, oder auch das Gemeine daran war, dass Udo nur die Hand ausstrecken brauchte um sie zu berühren, aber das traute er sich natürlich nicht!

Gabriela selber hatte damit auch nicht gerechnet, aber als sie sah, wie peinlich Udo das Ganze war, lachte sie ihn nur freundlich an und meinte: „Das macht doch nichts!

Ich habe kein Problem damit! Du etwa?" mit diesen Worten drehte sie sich noch etwas.

Wenn Udo sie vorher nur von der Seite gesehen hatte, jetzt sah er Gabriela von vorne in ihrer ganzen Schönheit!

„Nein, natürlich nicht!" was sollte er auch sonst sagen? Gabriela lächelte ihn an und ging ins Badezimmer.

Udo trat die Flucht nach draußen an. Er nahm seinen Autoschlüssel, der immer noch auf dem Tisch lag, ging zu seinem Auto und fuhr los.

Es war ein schöner, sonniger Morgen und er ließ die Fensterscheibe an seiner Seite herunter, damit er während der Fahrt wieder einen klaren Kopf bekam. Udo war eingefallen, als Gabriela von Frühstück redete, dass sie für ein richtiges Frühstück doch noch einiges brauchten.

Darum fuhr Udo zu dem kleinen Markt am Hafen. Er hatte auch Glück, denn dieser hatte seit 9:00 Uhr auf. Er ging hinein und kaufte das wichtigste für ein gutes Frühstück - Kaffee!

Erst als er den im Einkaufswagen hatte, sah er sich noch nach anderen Dingen um. Zum Schluss war der Wagen fast voll geworden mit vielen leckeren Sachen z.B. Brötchen, Eier, Kuchen, Grillsoßen, geräuchertem Lachs,

Krabbensalat, Wurst, Milch, Joghurt und noch einiges mehr.

Mit drei vollen Taschen ging Udo zum Auto und fuhr wieder zum Ferienhaus.

Gabriela hatte während dieser Zeit eine ausgiebige Dusche genommen

Das es Udo bei ihrem halbnackten Anblick ganz offensichtlich die Sprache verschlagen hatte und er mit seinen Blicken jeden Zentimeter ihres Körpers erkundet hatte, ja, das verschaffte ihr schon eine Art Befriedigung.

Gut gelaunt kam Gabriela aus dem Badezimmer und wunderte sich, dass Udo nirgends zu sehen war. Sie hatte wieder ihren Hausanzug an und alles andere im Bad gelassen.

Da sie Udo im Haus nicht finden konnte, ging sie vor die Tür und sah in die Runde.

In diesem Moment kam Udo wieder vom einkaufen zurück. Überrascht sah Gabriela Udo entgegen, der mit drei Tragetaschen auf sie zukam, nachdem er sein Auto abgestellt hatte. Er war also weg gewesen und sie hatte es nicht gemerkt, das durfte ihr nicht noch einmal passieren!

„Wo warst du?" wollte Gabriela natürlich von ihm wissen. „Wir wollen doch frühstücken, nicht wahr? Dafür fehlen uns doch viele Sachen, z.B. Kaffee! Darum habe ich schnell in dem Supermarkt unten am Hafen eingekauft."

Gabriela war erstaunt wie praktisch Udo doch dachte und musste ihm recht geben. Darum bestätigte sie ihn in seinem Handeln.

„Du bist ein Schatz", sagte sie zu ihm und strahlte ihn mit ihren rehbraunen Augen an.

Der arme Kerl bekam schon wieder einen roten Kopf und wusste nicht, was er sagen sollte. Stattdessen ging er hinein und fing an die Tragetaschen auszupacken und alles auf den Küchentisch zu stellen.

Gabriela folgte ihm und freute sich diebisch, dass es ihr schon wieder gelungen war Udo so in Verlegenheit zu bringen.

Die nächsten Minuten verliefen wie bei einem alten Ehepaar perfekt und harmonisch. Ohne das sie sich abgesprochen hatten, übernahm Gabriela das kochen von Kaffee und Eiern, während Udo den Tisch im Esszimmer deckte.

Sie setzten sich an den Tisch und ließen es sich schmecken. Beim frühstücken wiederholte sich die seltsame Situation von gestern abend.

Die beiden saßen sich gegenüber und keiner sprach ein Wort. Aber einen großen Unterschied gab es.

Sie sahen sich immer wieder tief in die Augen und Udo konnte nicht genug davon bekommen!

Die beiden waren gerade dabei den Tisch abzuräumen und alles in der Küche zu verstauen, da klopfte es und jemand rief ganz laut „Hallo". Das war unverkennbar Arian.

„Komm rein", antwortete Udo. Der Norweger begrüßte die beiden freundlich und erkundigte sich wie sie geschlafen hätten.

Alle beide bestätigten ihm, dass sie gut geschlafen hatten, was im Prinzip ja auch stimmte.

Dann kam eine ganz wichtige Frage von Arian. „Die Wohnung ist drei Wochen frei, dann kommen Gäste die reserviert haben. Wie lange wollt ihr bleiben?"

Gabriela und Udo sahen sich an und Udo meinte: „Ich würde vorschlagen, wir mieten erst für zwei Wochen und können dann eventuell noch für eine Woche verlängern."

Gabriela war sofort damit einverstanden. „Ja, so machen wir es! Das heißt, wenn Arian damit einverstanden ist." Fragend sah sie dabei ihren Vermieter an.

„Das ist überhaupt kein Problem", meinte dieser. „Wie wollt ihr bezahlen? Jetzt oder später? Müsst ihr noch Geld wechseln?"

„Ich bezahle für eine Woche und gleich in bar", meinte Gabriela und verschwand in ihrem Zimmer um Geld zu holen.

„Meinen Teil kannst du sofort bekommen", ergänzte Udo. Er holte seine Geldbörse aus der Hosentasche und zählte Arian die vereinbarten 750€ in die Hand.

Gabriela kam aus ihrem Schlafzimmer und diesmal hatte sie einen roten Kopf. „Ich habe leider nicht genug Bargeld und muss erst am Automaten etwas abheben."

Dass es nicht dazu kommen würde, konnte sie nicht wissen.

„Das macht nichts", meinte Arian. „Du kannst dir ruhig Zeit lassen. Ich wollte euch noch zeigen wie ihr mit dem Kutter fahren könnt und zu einer Übungsstunde im Hafen einladen."

Gabriela wurde schon bei dem Gedanken an Kutter fahren weiß im Gesicht und winkte mit beiden Händen ab. „Nein Danke, das ist nichts für mich", beteuerte sie glaubhaft.

Udo hingegen war begeistert. „Ich lasse mich von Arian einweisen, dann kann wenigstens einer von uns damit umgehen und wir werden bestimmt noch Spaß damit haben."
„Dann wünsche ich dir viel Vergnügen", meinte Gabriela wenig begeistert.

Insgeheim jubelte sie schon, denn das war DIE Gelegenheit Udos Zimmer zu durchsuchen und mit dem Geld zu verschwinden!

„Ihr könnt ruhig schon gehen", meinte Gabriela dementsprechend. „Den Rest in der Küche mache ich schon alleine."

„Das würdest du machen? Ich werde mich bei Gelegenheit revangieren", meinte Udo und strahlte sie an. Man merkte, dass er in Gedanken schon auf dem Kutter war.

„Du kannst schon bei mir am Auto warten, ich gehe eben in mein Haus und hole die Schlüssel", meinte Arian zu Udo. Er verabschiedete sich von Gabriela und ging hinüber in sein Haus. Udo zog sich an und ging zum Auto, um dort auf Arian zu warten.

Gabriela sah aus dem Fenster und konnte es nicht erwarten die beiden wegfahren zu sehen. Sobald Udo mit dem Norweger ins Auto gestiegen war und die beiden nicht mehr zu sehen waren, lief sie nach oben in Udos Zimmer und begann zu suchen.

Als erstes sah sie in alle Taschen und Koffer, die standen einfach unordentlich herum und fand kein Geld. Dann sah sie in den Kleiderschrank und unter die Betten und fand kein Geld. In den Taschen einer Jacke, die Udo über einen am Fenster stehenden Sessel geworfen hatte, fand sie mehrere Bündel Geldscheine, insgesamt fast 10 000€! Das Geld musste also irgendwo sein!

Wo sollte Gabriela suchen? In dem zweiten Schlafzimmer natürlich! Also das gleiche Spiel von vorne. Sie suchte im Kleiderschrank und sah unter die Betten und fand kein Geld.

Wo sollte es sonst noch sein? Unten? Unmöglich, aber trotzdem sah sie unten in jeden Schrank und jeden Winkel, sogar in ihrem Zimmer und fand kein Geld.

Gabriela war hektisch geworden und jetzt schweißgebadet. Sie versuchte sich zu beruhigen und logisch zu denken.

Wenn das Geld nicht hier im Haus war, dann musste Udo eine Möglichkeit gefunden haben, es irgendwo außerhalb zu verstecken. Dann war suchen natürlich zwecklos.

Wütend und mit sich unzufrieden räumte sie die restlichen Teile vom Frühstück weg und versuchte sich über ihre nächsten Schritte klar zu werden.

Sie sah nur noch eine Möglichkeit und machte sich gleich daran diese umzusetzen indem sie schon wieder duschen ging.

Udo und Arian waren mittlerweile bei dem kleinen Kutter angekommen. Sie standen an dem Liegeplatz auf der gegenüberliegenden

Seite des Hafens und Arian präsentierte stolz seinen Kutter, der zusammen mit ähnlichen Booten an dem neuen Steg befestigt war.

Udo blickte auf den komplett weiß gestrichenen Kutter mit seiner kleinen Kajüte hinunter, während Arian erzählte. „Das Boot hat eine Länge von 21 Fuß, also ca. 6m und verfügt über 19 PS. Eine Angelausrüstung ist an Bord, ebenso ein Echolot mit dem du die Fische ausfindig machen kannst. Du kannst bei Windstärke 4-5 noch hinaus fahren, aber mehr geht nicht! Das musst du dir unbedingt merken! Jetzt lass uns an Bord gehen und etwas üben."

Arian ging vor und Udo direkt hinterher. Er sah keinen Grund für irgendwelche Ängste, denn er war nicht das erste Mal auf so einem Kutter.

Arian schloss die Kajüte auf. Stehen konnte keiner der beiden in ihr, aber es waren Rettungswesten darin, die sie jetzt anlegten. Ein Ruder war dort und das Echolot.

Außerdem ein Funkgerät und der Anlasser. Wie Arian erklärte, konnte der Kutter mit dem Steuerrad oder auch mit der Ruderpinne, welche am Heck angebracht war, gelenkt werden. Dort lag mit einem dicken Tau befestigt auch ein Anker.

Arian ließ den Motor an und dann machten sie zusammen die drei Leinen los, mit denen der Kutter am Steg befestigt war.

Dann folgte für Udo eine richtige Lehrstunde. Er musste unter Arians Anleitung eine Runde durch den ganzen großen Hafen drehen und übte dabei immer wieder vor- und rückwärts fahren. An dem Liegeplatz wurde mindestens ein Dutzend Mal an- und ablegen geübt.

Erst als Arian wirklich zufrieden war, stiegen sie wieder in dessen Auto und fuhren zurück zum Haus. Auch wenn Udo nicht der Gesprächigste war, hatten sie sich auf dem Kutter und während der kurzen Autofahrt ganz gut unterhalten, wobei Udo sehr darauf achtete was er erzählte.

Wieder bei den Häusern angekommen, gab Arian die Schlüssel für den Kutter an Udo weiter und ging in sein Haus.

Dieser hielt die Schlüssel wie eine Trophäe in die Höhe und rief schon in der Haustür stehend: „Gabriela, wo bist du? Wir können jetzt jederzeit mit dem Kutter fahren, wenn du möchtest, auch heute noch. Es ist doch so ein schöner Tag."

Gabriela kam aus dem Wohnzimmer und lächelte Udo an.

„Können wir das nicht morgen machen? Heute wollen wir doch noch grillen und ich bin mir nicht sicher ob mein Magen schon wieder das auf und ab eines kleinen Kutters verträgt."

Udo war schon wieder einmal sprachlos, als er Gabriela in der Tür stehen sah. Diese hatte noch die Hose von ihrem Hausanzug an und darüber trug sie ein hautenges T-Shirt, ohne einen BH darunter. Udo wusste gar nicht wo er hinsehen sollte, als er Gabriela antwortete.

„Das ist schade, aber ich kann dich verstehen! Wir haben ja keine Eile und können fahren wann und so oft wir wollen."

Dieses *oft* würde nur einmal sein, aber das konnte er nicht wissen.

Mit diesen verständnisvollen Worten ging Udo an Gabriela vorbei ins Haus. Diese trat aber nur einen kleinen Schritt beiseite, so dass er sie auf jeden Fall berühren musste, wenn er an ihr vorbei wollte.

Udo berührte sie auch und zwar streifte er mit dem rechten Arm an ihrer Brust entlang! Er bekam schon wieder einen roten Kopf, während Gabriela ihm tief in die Augen sah und nichts weiter sagte.

Udo hatte plötzlich einen ganz trockenen Mund bekommen. Das lag aber nicht an dem schönen Wetter!

In seinem Kopf schwirrten die verrücktesten Gedanken, ohne dass er sie auch nur annähernd ordnen konnte.

Udo ging direkt in die Küche, holte eine Flasche Cola aus dem Kühlschrank und nahm erst einmal einen großen Schluck. Dann suchte er seinen Autoschlüssel und fand ihn auf dem Wohnzimmertisch. Hatte er ihn da liegen gelassen? Er wusste es nicht mehr.

Gabriela hatte ihn die ganze Zeit beobachtet und lächelte zufrieden. Sie hatte Udo ganz schön durcheinander gebracht und wollte das im Laufe des Tages noch steigern.

Als sie sah, dass er seinen Autoschlüssel nahm, fragte sie ihn neugierig und auch berechnend: „Hast du etwas Besonderes vor?"

Alleine wollte sie ihn auf gar keinen Fall irgendwohin fahren lassen.

Udo sah sie an und antwortete: „Ja, ich möchte zum Leuchtturm Lista Fyr. Der ist doch nur fünf Minuten von hier entfernt. Arian meinte, dass es an den nächsten beiden Tagen nicht mehr so schönes Wetter geben würde. Es soll kälter werden und der Himmel dann auch mit vielen Wolken bedeckt sein. Darum möchte ich mir die Aussicht heute nicht entgehen lassen! Möchtest du vielleicht mit?" Udo sah sie hoffnungsvoll an.

„Ich dachte schon, du würdest mich nicht fragen! Natürlich möchte ich mitkommen und mit dir zusammen diesen Tag genießen!"

Für Udo klang das wie Glockengeläut in seinen Ohren, mit dir zusammen diesen Tag genießen! Das klang phantastisch!

„Ich möchte mir nur eine andere Hose und feste Schuhe anziehen, dann können wir fahren", bat Gabriela um etwas Zeit.

„Mach nur, ich warte", erwiderte Udo. Er stellte sich in die immer noch offene Haustür, während Gabriela in ihr Zimmer ging.

Diese ließ ihre Schlafzimmertür weit aufstehen und hoffte, dass Udo neugierig war und zum richtigen Zeitpunkt einen Blick hineinwerfen würde, nämlich dann, wenn sie ihre Hose auszog um die andere anzuziehen.

Udo sah aus der Haustür und konnte beobachten wie Arian und Elisabeth zusammen mit ihren drei Kindern in das rote Auto stiegen und dann freundlich winkend weg fuhren.

Udo drehte sich um, denn er hatte Geräusche gehört und dachte Gabriela würde schon aus ihrem Zimmer kommen.

Wenn er bis jetzt den Ausblick auf das Meer genossen hatte, dann bekam er etwas ganz anderes zu sehen, als er sich umdrehte und einen Blick in Gabrielas Schlafzimmer warf.

Denn erst jetzt bekam er mit, dass die Zimmertür weit aufstand und Gabriela ihm den Rücken zudrehte.

Die Geräusche waren entstanden als diese ihre Hose ausgezogen hatte. Da sie ihre andere Hose gerade in die Hand nahm, gönnte sie Udo wieder einen umwerfenden und sehr erotischen Anblick.

Udo ging schon wieder in die Küche und nahm einen eiskalten Schluck Cola.

Als Gabriela aus ihrem Zimmer kam und Udo in der Küche trinken sah, wusste sie sofort, dass ihr Plan aufgegangen war.

„Wollen wir fahren?" fragte sie Udo mit einem strahlenden Lächeln. Dieser nickte nur. Dass er sie eigentlich fragen wollte, ob sie Arians Kinder schon gesehen hätte, war ihm schon wieder entfallen.

Gabriela hatte eine schwarze Jeans an, dazu dieses ganz besondere T-Shirt und darüber eine einfache Strickjacke. Das war alles nichts Besonderes und trotzdem sah Gabriela umwerfend aus, so empfand es zumindest Udo.

Sie gingen zu seinem Auto, setzten sich hinein und er fuhr los. Arian hatte Udo bei ihrer Übungsstunde mit dem Kutter kurz erklärt wie sie fahren mussten.

Es war wirklich ein Kinderspiel. Sie brauchten nur die steile Straße wieder hinunter und dort links fahren.

Die Straße auf der sie dann waren, führte direkt zum Leuchtturm.

Es dauerte nicht einmal 5Min. und sie waren am Ziel. Als sie auf dem Parkplatz standen und ausgestiegen waren und dann in Richtung Leuchtturm gingen, konnten sie einer großen Infotafel entnehmen, dass es hier auch eine Wetterstation gab. Hier gab es auch ein großes Vogelschutzgebiet.

Darum war hier zusätzlich noch eine ornithologische Beobachtungsstation, die das ganze Jahr über besetzt war.

Der Leuchtturm selber war 29m hoch und zu verschiedenen Zeiten geöffnet. Rund um den Turm waren noch alte Bunker und Artilleriestellungen aus dem 2. Weltkrieg zu besichtigen.

Udo und Gabriela gingen als erstes zum Leuchtturm und hatten Glück, denn die Tür war geöffnet.

Es war niemand da um eventuellen Eintritt zu kassieren, sondern es stand ein geflochtenes Körbchen auf einem Tisch, mit dem Hinweis, dass man doch 20 NOK für den Aufstieg spenden sollte.

Wie immer war jeder Hinweis auch in deutscher Sprache.

Die beiden gingen die Treppe hinauf und traten hinaus ins Freie. Beide, sogar Gabriela, waren von dem tollen Rundblick begeistert!

Auf der einen Seite das in der Sonne glitzernde blaue Meer. Auf der Rückseite die Berge mit Gipfeln, welche teilweise noch mit Schnee bedeckt waren. Stumm genossen Udo und Gabriela diesen Anblick.

Udo dachte nur daran, dass er mit seinem vielen Geld diesen Blick so oft haben konnte wie er wollte.

Gabriela hatte einen ganz anderen Gedanken: wenn sie das Geld schon gefunden hätte oder zumindest wüsste wo es ist, dann war es doch möglich, dass Udo einen Unfall hatte und den Turm oder die Treppen herunter stürzte!

Gabriela erschrak selber über ihre Gedanken und meinte zu Udo: „Wollen wir hinunter gehen? Es ist ein phantastischer Rundblick von hier oben, aber wir gehen schon fast 30 Min. immer wieder in die Runde."

Udo war so fasziniert, dass er nicht auf die Zeit geachtet hatte und stimmte ihr zu. Während sie die Treppe hinunter gingen, nahm er sich vor bald wieder den Leuchtturm zu besteigen. Wenn das Schicksal es zulässt, hätte er hinzufügen müssen!

Gemeinsam gingen die beiden nun in die alten Bunker und durch die Laufgräben, welche um diese herum führten. Auch dort hatten sich damals viele Schicksale erfüllt!

Die beiden hatten noch nicht alles gesehen, da meinte Gabriela fast flüsternd zu Udo: „Du kannst dir in Ruhe alles ansehen, ich gehe schon zum Auto und warte auf dich. Ich fühle mich einfach nicht wohl hier drinnen."

Udo sah sie überrascht an. „Dann lass uns zusammen gehen wenn du dich nicht wohl fühlst!"

Sie gingen wieder nach draußen und über eine große Rasenfläche zum Parkplatz. Dabei hatte sich Gabriela bei Udo eingehakt und ließ ihn nicht los, bis sie beim Auto waren.

„Entschuldige bitte, aber ich habe in den Bunkern eine Gänsehaut nach der anderen bekommen und bin wirklich froh, dass wir da so schnell wieder raus sind."

Bei diesen Worten zog sie ein weinerliches Gesicht und schüttelte sich, so als wollte sie eine Last abwerfen. Dass dabei ihre Oberweite direkt vor Udos Augen auch kräftig in Bewegung geriet, war bestimmt ein Zufall, oder nicht?

Udo war gerührt über so ein empfindliches Gefühlsleben von Gabriela und sah einen Augenblick wie gefesselt auf die immer noch nicht zur Ruhe gekommene Oberweite von Gabriela, was diese natürlich mit Befriedigung zur Kenntnis nahm. Ihr Plan schien aufzugehen!

Wieder bei ihrem Ferienhaus angekommen, einigten sich die beiden darauf, dass Udo mit dem grillen anfangen sollte, es war ja schon fast 16:00 Uhr.

Gabriela wollte den Tisch decken und sich aber vorher noch ihren Hausanzug wieder anziehen, aber diesmal würde sie ihre Zimmertür zumachen. Udo sollte ruhig ein bisschen schmoren!

Dieser holte alles nach draußen, was er brauchte. Den Grill, Wurst, Fleisch, Anzünder, Zange, Teller und, ganz wichtig, eine Flasche Bier. Da das norwegische Bier nicht nach seinem Geschmack war, hatte er in dem Supermarkt gleich dänisches Tuborg Bier gekauft.

Gabriela hatte sich in der Zwischenzeit umgezogen und für Udo eine besondere Überraschung bereit gelegt. Sie freute sich jetzt schon auf sein Gesicht, wenn er sie in diesem Oberteil sehen würde.

Genauso gut hätte sie sich auch oben ohne präsentieren können!

Sie gehörte zu den Frauen, die sich bewusst waren, mit was für einem Körper die Natur sie beschenkt hatte und Gabriela hatte absolut kein Problem damit, diesen Körper auch einzusetzen um ihr Ziele zu erreichen. Sie hatte schließlich auch noch ihren Spaß dabei!

Obwohl, bei Udo war alles doch irgendwie anders, aber Gabriela konnte nicht herausfinden warum!

Udo hatte die Kohle des kleinen Grills schnell zum glühen gebracht und schon vier Würstchen und zwei Stücke Fleisch aufgelegt. Dann öffnete er sich ein Flasche Bier und setzte sich gemütlich auf die Bank.

Er sah direkt auf das Meer und versuchte abzuschalten und diesen Moment zu genießen.

Aber so ganz wollte es ihm nicht gelingen. Ob er wollte oder nicht, Udos Gedanken landeten automatisch immer wieder bei Gabriela.

Er wusste nicht wie er sie einordnen sollte. Auf der einen Seite Hilfe suchend, auf der anderen hilfsbereit.

Dann diese Freizügigkeit! Ihr machte es offenbar nichts aus, ihren makellosen Körper zu zeigen. Sie spielte damit, oder mit ihm?

Udo verstand das wirklich nicht. Er war doch für Gabriela ein fremder Mann. Sie konnte nicht sicher sein, dass sie gewisse Dinge geradezu herausforderte, oder wollte Gabriela gerade das?

Aber er war doch kein Frauentyp! Es war ihm sogar immer schwer gefallen mit Frauen in Kontakt zu treten. Wenn er jetzt viel Geld hätte, dann würde das einiges erklären.

OK, er hatte viel Geld, aber das wusste Gabriela ja nicht.

Oder war er dabei für sie Gefühle zu empfinden, oder sie für ihn? Allein dieser Gedanke versetzte ihn in eine Art Schock zustand. Das durfte nicht sein!

Weiter kam er mit seinen Gedanken nicht, denn es fing an verbrannt zu riechen.

Im letzten Moment konnte Udo die Würstchen und das Fleisch umdrehen und es so noch retten.

Zu allem Überfluss erschien jetzt auch noch Gabriela in der Haustür. Sie war im Haus mit allem fertig und wollte von Udo wissen: „Wie weit bist du mit dem grillen? Bist du bald fertig?"

Dann schnupperte sie etwas in der Luft und fragte ihn: „Täusche ich mich, oder riecht es hier verbrannt?"

Udo fühlte sich ertappt und antwortete kleinlaut: „Du hast recht, aber ich konnte alles noch im letzten Augenblick retten. Gib mir noch 5 Min. dann können wir essen."

„Gut, dann mache ich noch kurz den Fernseher an und warte bis du kommst", erwiderte Gabriela und ging zurück ins Haus.

Udo fiel ein Stein vom Herzen und ließ den Grill jetzt keine Minute mehr aus den Augen.

Nachdem alles fertig war und er das Grillgut auf den Teller gepackt hatte, ging Udo ins Haus und stellte ihn auf den Tisch.

Als er Gabriela suchte, fand er diese auf dem Sofa liegend und am schlafen.

Udo blieb einen Augenblick vor dem Sofa stehen. Er hätte ewig so stehen bleiben können um sie zu betrachten. Nur ansehen und nicht einmal berühren.

Gabriela war so schön und wirkte im Schlaf so, als wäre sie mit sich und den Rest der Welt zufrieden.

Udo war am überlegen ob er Gabriela noch schlafen lassen sollte, aber er entschied sich dafür sie aufzuwecken.

Er ging auf sie zu, fasste sie zärtlich an die Schulter und sagte: „Gabi, aufwachen! Wir wollen essen." Diese wachte auf, sah ihn mit ihren braunen Augen an und fragte:

„Wie hast du mich gerade genannt?"

Udo bekam einen roten Kopf. „Entschuldige, das ist mir so raus gerutscht."

Gabriela lächelte ihn an. „Es gibt nicht viele die mich Gabi nennen bzw. nennen dürfen. Aus deinem Mund höre ich Gabi gerne!"

Udo fühlte sich geschmeichelt und reichte ihr seine Hand, um ihr beim aufstehen zu helfen. Gabriela nahm seine Hand und ließ sie erst wieder los, als sie sich mit ihm zum Essen an den Tisch setzte.

Wieder war diese seltsame Stimmung während des Essens zwischen ihnen. Sie sahen sich an und jeder wartete darauf, dass der andere als erster etwas sagte.

Das änderte sich, als Gabriela sich mit etwas Bratensoße ihr aufreizendes T-Shirt bekleckerte.

„Ich bin aber auch ungeschickt", meinte Gabriela entschuldigend. „Ich gehe mir eben etwas Sauberes überziehen und bin gleich wieder da." Mit diesen Worten erhob sie sich, ging in ihr Schlafzimmer und zog sich das zurecht gelegte Oberteil, eine Bluse, an.

Gabriela stellte sich vor den Spiegel und öffnete die obersten vier Knöpfe der Bluse, was eigentlich nicht nötig gewesen wäre, denn sie war durchsichtig!

Gabriela freute sich jetzt schon auf die Reaktion Udos.

Sie ging schnellen Schrittes zurück ins Esszimmer. „Ich habe in der Eile das erst beste gegriffen und habe es angezogen. Ich hoffe es gefällt dir?" Mit diesen Worten setzte sie sich, nahm noch ein Stück Fleisch und tat als wäre nichts geschehen.

Udo blieb beinahe ein Stück Brot in seinem Hals stecken, als sich Gabriela ihm gegenüber hinsetzte. Bei ihrem Anblick wäre auch jedem anderen Mann die Luft weggeblieben.

Gabriela hatte eine durchsichtige weiße Bluse an und auch noch die vier oberen Knöpfe geöffnet. Ihre Brüste waren so deutlich zu sehen, als hätte sie nichts an.

Udo hatte Gabriela ja schon an der Treppe oben ohne gesehen, aber das war nur ein kurzer Augenblick gewesen.

Doch jetzt saß er ihr die ganze Zeit gegenüber. Wie sollte er das aushalten?

Gabriela beobachtete ihn unauffällig und freute sich, dass Udo mit dieser Situation offensichtlich nichts anzufangen wusste. Er sagte nichts, sondern starrte abwechselnd auf seinen Teller und ihre Brüste. Wenn sie doch wenigstens neben ihm sitzen würde und nicht ihm gegenüber, aber so...

Er schien schneller zu essen um bald fertig zu sein.

Dass Udo aus dieser verfänglichen Situation nicht entkommen konnte, dafür würde Gabriela schon sorgen.

Als sie dann soweit waren meinte Gabriela zu ihm: „Komm Udo, lass uns alles zusammen abräumen, dann sind wir schneller fertig."

Udo war einverstanden, obwohl er sich kaum auf die Arbeit konzentrieren konnte. Bei jedem Schritt bewegte sich ihre Oberweite und er konnte sich von diesem Anblick kaum losreißen.

Nachdem sie fertig waren warf Udo einen Blick auf die Uhr und meinte zu Gabriela: „Wir haben fast 19:00 Uhr. Ich werde jetzt duschen gehen und dann den abend ganz ruhig, vielleicht bei einem schönen Film, ausklingen lassen."

„Das hört sich gut an und ich bin dabei! Dann könntest du mir auch mal etwas von deinem Whisky anbieten, den du oben bei dir im Zimmer hast."

Mit diesen Worten und einem Lächeln griff Gabriela nach der Fernbedienung für den Fernseher und setzte sich auf das Sofa.

Udo hatte schon wieder einen roten Kopf bekommen und ergab sich in sein Schicksal.

Er ging nach oben in sein Reich und nahm eine möglichst kalte Dusche. Udo hatte sich viel Zeit dafür genommen und ging dann langsam, mit einer Flasche Whisky in der Hand, die Treppe hinunter zu Gabriela ins Wohnzimmer.

Die saß noch auf dem Sofa und hatte auf dem Tisch davor schon zwei Gläser stehen. Sie sah ihn lächelnd an und hatte die beiden Gläser direkt nebeneinander gestellt. Udo sollte sich neben sie setzen.

Gabriela hatte genügend Zeit gehabt sich ihr weiteres Vorgehen zu überlegen und war überzeugt ihr Ziel bald zu erreichen. Dazu gehörte auch der leichte Körperkontakt, wenn Udo dann direkt neben ihr saß.

„Da bist du ja. Komm, setz dich zu mir und gieß uns ein Glas guten Whisky ein", forderte ihn Gabriela auf und deutete mit einer Hand auf den Platz neben ihr.

Udo sah sie nur an und tat was ihm gesagt wurde und setzte sich. Er musste einmal tief Luft holen und sich beruhigen bevor er den Whisky einschüttete.

Trotzdem hatte Udo immer noch das Gefühl am zittern zu sein, während er die Gläser zu gut einem Viertel füllte.

Er hob sein Glas und sagte: „Auf dich Gabi, auf die schönste Frau, die ich kenne!"

Hoppla, da war ihm doch mehr rausgerutscht als er sagen wollte!

Gabriela bekam große Augen, dass hatte sie jetzt nicht erwartet! Aber das kam ihren Plänen nur entgegen. Sie brauchte nicht überrascht zu tun, denn das war sie wirklich!

„Udo, du bist ein Schmeichler!" meinte sie. Gabriela hoffte, dass es ihr gelang leicht zu erröten.

„Ich habe mich immer nur als Durchschnitt empfunden, aber wenn ein Mann mit deiner Erfahrung so etwas sagt, dann ist das natürlich ein großes Kompliment für mich", gab sie gleich eine Höflichkeit an Udo zurück.

Udo nahm erst einmal einen großen Schluck aus dem Glas, während Gabriela nur vorsichtig einmal kurz nippte.

„Ich meine es genauso wie ich gesagt habe", bekräftigte er noch einmal und sah ihr dabei tief in die Augen und dann ein ganzes Stück tiefer! Gabriela dachte: *So einfach will ich es ihm nicht machen, er muss erst einmal abgelenkt werden.*

Sie griff zu der Fernbedienung des Fernsehers und meinte zu Udo: „Dann wollen wir doch mal sehen, was heute abend gezeigt wird, wenn wir uns einen schönen abend vor dem Fernseher machen wollen.

Gibt es etwas, das du besonders gerne siehst? Ich stehe ja auf Liebesfilme, da fange ich fast regelmäßig an zu heulen! Albern, nicht wahr?"

Udo war hin und weg. Sie möchte mit ihm zusammen einen Liebesfilm sehen! Er wußte nicht was er sagen sollte und nahm wieder einen großen Schluck Whisky, das Glas war danach leer.

„Ich richte mich ganz nach dir, liebe Gabi. Ich sehe mir auch einen Liebesfilm mit dir zusammen an", sagte er dann ohne weiter zu zögern.

Gabriela war schon wieder überrascht, aber positiv! *LIEBE GABI* hatte er gesagt! Er kam langsam genau dahin wohin sie ihn haben wollte! Sie nahm auch noch einen Schluck Whisky, während Udo sein Glas zum zweiten Mal füllte.

„Lieber Udo, hättest du etwas dagegen wenn ich oben in deinem Badezimmer ein Bad nehme? Ich habe hier unten ja nur die Dusche", fragte sie ihn und sprach ihn auch gezielt mit *LIEBER UDO* an.

„Nein, natürlich nicht!" war seine von Gabriela erwartete Antwort.

„Das ist lieb", meinte sie und erhob sich um nach oben zu gehen und schon Wasser in die Wanne zu lassen.

Udo war etwas perplex, denn er hatte nicht damit gerechnet, dass sie sofort gehen würde um Wasser einzulassen. Er hatte das mehr auf die Zukunft bezogen, also auf morgen oder sogar übermorgen.

Das war aber auch egal, wenn sie fertig war und wieder herunter kam und sich neben ihm setzte, dann war die Welt für ihn wieder in Ordnung. Udo fühlte sich einfach wohl an ihrer Seite und konnte alles andere vergessen.

Er konnte nicht einmal sagen, seit wann das so war. Ob es Gabriela ähnlich ging, konnte er nicht beurteilen, Udo hoffte es einfach.

Er hörte ihre Schritte auf der Treppe und einen Augenblick später stand sie im Wohnzimmer. „Ich muss nur noch meine Sachen holen, dann bin ich oben in der Badewanne", erklärte sie Udo.

Dieser nickte und meinte: „Laß dir Zeit und genieß das Bad. Hinterher wirst du dich richtig gut fühlen."

„Ich bin mir sicher, dass ich mich hinterher besonders gut fühlen werde", erwiderte Gabriela lächelnd. Den doppelten Sinn, welcher in diesen Worten steckte, konnte Udo nicht erkennen. Sie drehte sich um, holte ein paar Sachen aus ihrem Zimmer und nahm aus einer Schublade in der Küche ein scharfes Messer!

Das verbarg sie vorsichtshalber unter ihren Sachen, die sich über den Arm gelegt hatte. Dann ging Gabriela nach oben und schlich leise in Udos Zimmer. Sie nahm das Messer und versteckte es unter der Matratze am Kopfende des Bettes!

Danach ging sie ins Bad, stellte das Wasser ab, zog sich aus und rief nach Udo hinunter: „Lieber Udo, würdest du mir noch mein Glas mit dem Whisky hochbringen? Ich möchte es mir richtig gut gehen lassen."

Udo hörte ihre Bitte und erhob sich sofort mit ihrem Glas in der Hand und eilte nach oben. Erst als er oben war und die offene Badezimmertür sah blieb er kurz stehen und bekam Herzklopfen. Ihm wurde klar, dass er Gabriela jetzt in der Badewanne sehen würde – nackt!

Langsam ging Udo weiter und machte den letzten Schritt durch die offen stehende Tür.

Gabriela lag lang ausgestreckt und mit geschlossenen Augen in der Wanne.

Auf dem Wasser war eine dicke und dichte, weiße Schaumdecke, die ihren ganzen Körper komplett bedeckte.

Gabriela drehte Udo leicht den Kopf zu und sagte ohne die Augen zu öffnen: „Ich danke dir! Stell das Glas doch bitte auf die Erde, aber so, dass ich es leicht erreichen kann. Wenn du rausgehst, dann mach bitte die Tür zu."

Udo war wirklich erleichtert, als er gesehen hatte, dass Gabriela komplett mit Schaum bedeckt war. Er stellte das Glas ab, verließ das Bad und machte die Tür hinter sich zu, alles ohne ein Wort zu sagen.

Er ging wieder nach unten, setzte sich auf das Sofa, trank seinen Whisky und wartete darauf das Gabriela wieder herunter kam.

Diese lag in der Badewanne, entspannte sich und war zufrieden, dass ihr Plan wieder einmal aufgegangen war.

Nach ungefähr 15 Min. erhob sich Gabriela vorsichtig und möglichst leise aus der Wanne und trocknete sich ab. Den Whisky schüttete sie in das Waschbecken, öffnete die Tür und horchte nach unten. Außer den Stimmen im Fernseher war nichts zu hören.

Noch vorsichtiger, denn sie hatte gemerkt, dass viele Bretter knarrten wenn man darauf trat, ging sie in Udos Schlafzimmer.

Unterwegs ließ sie ihren Bademantel mitten auf dem Flur fallen. Dann legte sie sich nackt wie Gott sie geschaffen hatte in Udos Bett, mit dem Kopf auf die Ecke unter der sie das Messer versteckt hatte!

Jetzt wartete sie auf Udo und hoffte, dass dieser nicht zu lange brauchen würde um den Weg zu ihr ins Bett zu finden!

Udo saß unten brav auf dem Sofa und wartete darauf, dass Gabriela wieder herunter kommen würde. Doch das dauerte ewig lange. Für ihn war jede Minute gefühlt so lang wie 10 Min. Das Fernsehprogramm interessierte ihn schon überhaupt nicht mehr und er wurde immer unruhiger.

Es war schon eine halbe Stunde vorbei und Gabriela kam immer noch nicht. Ob ihr etwas passiert war? Sollte er nachsehen? Udo musste etwas tun, darum ging er erst einmal bis zur Treppe und horchte nach oben, aber nichts war zu hören. Vielleicht war sie in der Wanne eingeschlafen? Das konnte gefährlich werden!

Udo entschloss sich und ging nach oben. Schon auf der letzten Stufe warf er einen Blick nach links in Richtung Badezimmer, die Tür stand auf!

Auf dem Flur lag ihr Bademantel, was war geschehen? War ihr ein Unglück wiederfahren ohne das er es gehört hatte?

Schlagartig war Udo wieder nüchtern. Das heißt, richtig betrunken war er nicht gewesen, aber drei Gläser Whisky hatten schon eine Wirkung hinterlassen!

Als erstes warf er einen Blick in das Bad, aber das Wasser war noch in der Badewanne und Gabriela nicht zu sehen.

Dann drehte Udo sich um und ging zu seinem Schlafzimmer. Den Bademantel hob er auf und konnte nicht wiederstehen sich Gabriela nackt darin vorzustellen.

Er trat durch die Tür in sein Zimmer und sah Gabriela in seinem Bett liegen. Sie hob die Bettdecke an und Udo konnte sie das erste Mal in ihrer ganzen, nackten Schönheit sehen.

Gabriela streckte ihm ihre Hand entgegen und sagte leise: „Komm!" nur dieses eine Wort, mehr nicht.

Udo trat langsam an sein Bett heran und wähnte sich in einem wunderschönen Traum. Er nahm Gabrielas Hand und flüsterte: „Sag mir bitte nicht, dass ich träume und mir alles nur einbilde, sag es bitte nicht!"

Bei diesen Worten hatte Udo Tränen in den Augen.

Gabriela war von diesen Emotionen total überrascht. Das hatte sie nicht erwartet! Seltsamerweise löste diese Reaktion bei ihr rasendes Herzklopfen aus.

Werde jetzt nicht sentimental Gabriela, sagte sie zu sich selbst. *Du willst Spaß haben, aber das gehört zu deinem Auftrag und du willst durch diese Nacht dein Ziel erreichen. Vielleicht brauchst du auch noch das Messer dafür, also reiß dich zusammen!*

Laut sagte sie zu Udo: „Du träumst nicht, aber du wirst eine traumhafte Nacht erleben! Zieh dich aus und leg dich neben mir!"

Das ließ Udo sich nicht zweimal sagen, doch als er sein Hemd und die Hose aufknöpfte waren seine Hände doch am zittern! Dann legte er sich neben Gabriela.

Ganz zärtlich nahm er ihr Gesicht in beide Hände und bedeckte mit seinen Küssen die Augen und den Mund.

Gabriela spürte seinen Atem, seine Zärtlichkeit, aber auch ihr eigenes stark erwachtes Verlangen.

Doch noch hielt sie sich zurück und gab sich ganz seinen Liebkosungen hin, wusste einfach, das sie bei ihm ihre stürmischen Begierden zurückhalten musste, noch!

Seine Hände wanderten erkundend zu ihren Brüsten, um dann ganz zärtlich ihre Brustwarzen zu stimulieren.

Weiter hinunter zu ihrem Schoß, beinahe ein Erdbeben auslösend. Seine Lippen fingen an, jeden Zentimeter ihres makellosen Körpers zu erkunden!

Das war zu viel! Die Leidenschaft und aufgestautes Verlangen gewannen die Oberhand. Gabriela und Udo gaben sich ihnen hin, die ganze Nacht, immer wieder!

Als Gabriela am nächsten Morgen erwachte, war es schon 10:00 Uhr durch und Udo lag nicht neben ihr. Aber sie hörte ihn pfeifend und mit Tellern klappernd in der Küche hantieren.

Gabriela war total verwirrt. Sie wußte nicht wie sie sich Udo gegenüber nun verhalten sollte.

Es war eine wunderbare Nacht voller Leidenschaft und mit ganz viel Zärtlichkeit gewesen. Udo hatte sich ganz auf sie, auf ihre Bedürfnisse und Wünsche konzentriert. Das hatte Gabriela schon lange nicht mehr erlebt, meistens war sie es nämlich, die für den Mann hatte da sein müssen!

Sie richtete sich auf und setzte sich auf die Bettkante.

Da fiel Gabriela ein, dass sie unter der Matratze noch das Küchenmesser liegen hatte. Damit wollte sie Udo zum reden zwingen im Laufe dieser Nacht. Sie hatte es nicht getan, ja nicht einmal daran gedacht und jetzt schämte sie sich sogar dafür!

Gabriela nahm das Messer und weil sie nicht wusste wohin damit, versteckte sie es schnell und leise im Schlafzimmer auf der anderen Seite des Flures. Dann ging sie zurück in das Badezimmer.

Dort nahm sie die wenigen Sachen die noch von ihr da lagen und ging damit nach unten, um in dem neuen Badezimmer zu duschen.

Obwohl sie barfuß und somit relativ leise die Treppe hinunter ging, musste Udo sie gehört haben.

Er erschien auf dem kleinen Flur und sah Gabriela entgegen. Diese kam die Treppe herunter, so wie er sie im Bett verlassen hatte, nackt und verführerisch. Udo nahm Gabriela in die Arme küsste sie, fing an sie zu streicheln und seine Leidenschaft erwachte erneut.

Gabriela ließ es sich eine Weile gefallen und wehrte in dann lachend ab.

„Du Nimmersatt! Hast du immer noch nicht genug? Ich brauche erst einmal eine Dusche und etwas Ruhe. Wir haben doch noch so viel Zeit für uns."

„Genug? Wie sollte ich von dir genug bekommen? Du bist so wunderbar!" schwärmte Udo von ihr.

„Danke, mein Lieber! Sei mir nicht böse, aber ich möchte jetzt wirklich duschen und mich dann für dich hübsch anziehen."

„Ich bin dir doch nicht böse! In der Zwischenzeit mache ich für uns ein tolles Frühstück, damit du wieder zu Kräften kommst", fügte er augenzwinkernd hinzu.

Gabriela ging ins Badezimmer unter die Dusche. Als sie herauskam, hatte sie ihren Bademantel an. Udo stand die Enttäuschung ins Gesicht geschrieben. Gabriela sah ihn an und musste schon wieder lachen.

„Ich kann in deinem Gesicht lesen was du jetzt möchtest", sagte sie. Mit diesen Worten öffnete Gabriela ihren Bademantel und gewährte Udo tiefste Einblicke. Als dieser mit der Hand nach ihr greifen wollte, machte sie den Mantel mit den nicht ernst gemeinten Worten: „Finger weg, du Wüstling!" schnell wieder zu.

Sie gab ihm einen Kuss, ging in ihr Zimmer und ließ einen konsternierten Udo zurück. Dieser war einfach nur glücklich und fühlte sich wie auf Wolke sieben. In seinem Leben schien sich alles zum Guten zu wenden. Er drehte sich um und kümmerte sich fröhlich weiter um das Frühstück.

Gabriela zog sich in ihrem Zimmer mehrmals um und wählte am Ende ein wunderschönes, hellblaues Kleid, leicht und luftig mit einem tiefen Ausschnitt.

Als Schuhe nahm sie weiße, offene High Heels. Ein besonderes Bonbon für Udo hatte sie auch noch, Gabriela zog sich keine Unterwäsche an!

Gerade als Gabriela aus dem Zimmer gehen wollte klingelte ihr Handy.

Sie zuckte zusammen und nahm es nur zögerlich in die Hand. Es war natürlich ihr Boss. Sie nahm das Gespräch an.

„Ich will nichts von dir hören", begann er das Gespräch. „Du hattest Zeit genug um mir das Geld zu besorgen. Meine Geduld ist zu Ende! Du hast versagt! Es ist jemand auf dem Weg zu dir, der die Sache zu Ende bringen wird!" Mit diesen Worten legte er auf und beendete den Monolog.

Gabriela stand wie versteinert und fing dann hemmungslos an zu weinen. *DU HAST VERSAGT*, waren seine Worte gewesen! *ES IST JEMAND AUF DEM WEG, DER ES ZU ENDE BRINGEN WIRD!*

Das war für Gabriela wie ein Todesurteil, denn jeder der versagt hatte, musste sterben! Aber sie wollte nicht sterben, sie wollte leben! Was sollte sie tun?

Gabriela konnte es drehen und wenden wie sie wollte. Sie hatte nur noch eine Chance zu überleben: sie musste ihrem Boss zeigen, dass sie es doch noch geschafft hatte!

Gabriela ging zu ihrem Kleiderschrank und nahm die dort versteckte Pistole heraus. Ihre Hände zitterten dabei.

In Gedanken flehte sie Udo um Vergebung an, für das was sie nun vorhatte.

Gabriela verließ ihr Zimmer und ging direkt ins Wohnzimmer, um dort stehen zu bleiben. Udo war im Esszimmer und drehte sich um, als er sie kommen hörte.

Er wollte etwas sagen, aber er hielt den Mund, als er Gabriela ins Gesicht sah. Irgendetwas war geschehen und es war scheinbar nichts Angenehmes.

Gabriela hatte ihre Hände hinter dem Rücken verborgen. Jetzt nahm sie die Hände nach vorne und zeigte mit einer Waffe auf Udo. Dieser wurde weiß wie eine Wand.

„Es tut mir so leid Udo, gerade nach dieser wundervollen Nacht. Doch ich muss wissen wo du das Geld versteckt hast! Wenn ich es nicht finde, müssen wir beide sterben. Wenn du mir sagst wo es ist, kann ich wenigstens mein Leben retten, denn ein Killer ist auf den Weg hierher, um uns zu töten!"

Udo war zu keinem Wort und keiner Bewegung fähig. Das Geld, sein Geld, seine Gabi wollte es haben? Alles war von ihr geplant, nur um an das Geld zu kommen? Er konnte es nicht glauben.

„Udo, sprich mit mir und sag mir wo das Geld ist. Ich brauche es um zu überleben!

Woher du es hast weiß ich nicht, aber es gehört meinem Boss und der kennt keine Gnade wenn es um sein Geld geht! Ich will nicht sterben, ich will leben! Verstehst du das? Dafür bin ich bereit alles zu tun!"

Für Udo brach eine Welt zusammen und auf einmal war ihm alles egal. „Dann erschieß mich doch! Ich wehre mich nicht!"

„Nein, so einfach geht das nicht! Wenn du mir nicht freiwillig sagst wo das Geld ist, dann schieße ich dir erst in den rechten Arm, dann in den linken und wenn das noch immer nicht reicht nacheinander in die Beine. Die Schüsse wird man wegen dem Schalldämpfer nicht hören und ich kann mit einer Waffe umgehen, das kannst du mir glauben!"

Udo hatte nicht einmal Angst vor dem sterben, aber vorher auch noch gefoltert zu werden, das machte ihm Angst! Er sah Gabriela lange in die Augen und wusste auf einmal, dass sie ihre Drohung wahrmachen würde!

Bevor Gabriela noch etwas sagen konnte meinte Udo zu ihr: „Komm mit", er drehte sich bei diesen Worten um und ging aus dem Esszimmer, in der Annahme, dass sie ihm folgen würde.

Das tat Gabriela auch. Sie machte einen großen, schnellen Schritt hinter Udo her.

Beim zweiten wollte sie schon rufen, das er stehen bleiben sollte, da verfingen sich ihr High Heels in dem flauschigen Teppich des Wohnzimmers. Gabriela stolperte und fiel mit dem Kopf auf die Kante des gusseisernen Kaminofens. Es wurde dunkel um sie herum.

Udo hatte gehört, dass hinter ihm etwas geschehen war, drehte sich um und sah Gabriela am Boden liegen. Die Waffe hatte sie noch in der Hand, aber an ihrem Kopf war eine große klaffende Wunde, die stark blutete. Sie rührte sich nicht mehr und Udo ging vorsichtig zu ihr hin. Gabriela atmete ganz leicht und flach und war bewusstlos.

Udo nahm ihr die Pistole weg und überlegte was er mit ihr machen sollte.

Wieder war er von einem Menschen restlos enttäuscht worden. Er hatte Gabriela so sehr vertraut, erst recht nach dieser Nacht. Er wollte ihr sogar von seinem Geld erzählen und Gabriela vorschlagen, zusammen zu bleiben. Udo begriff immer noch nicht, dass Gabriela diese Nacht gezielt geplant hatte, nachdem sie das Geld nicht finden konnte.

Was Gabriela dazu gebracht hatte, ihr Messer nicht zu benutzen, oder ob vielleicht sogar unerwünschte Gefühle ins Spiel kamen, das wird für immer ihr Geheimnis bleiben.

Das entscheidende war, sie wollte für dieses Geld töten!

Udo setzte sich auf den Fußboden, fing an zu weinen und streichelte ihr zärtlich über das Gesicht. Er war sogar schon bereit ihr zu verzeihen!

Wer weiß, wie er an ihrer Stelle gehandelt hätte. Gabriela war schließlich unheilbar krank und hatte nicht mehr lange zu leben. Da war es doch verständlich, dass sie nicht vorzeitig durch einen Killer sterben wollte!

Es war bezeichnend für Udos Zustand, dass er immer noch an diese Krankheit glaubte! Er hielt es immer noch für unmöglich, dass jemand ihm so eine ungeheuerliche Lüge erzählen würde!

In Udos Gehirn entwickelte sich ein Plan, wie ihn kein normal denkender Mensch je haben würde.

Wenn der Killer schon hierher unterwegs war, dann musste Udo damit rechnen ihm jederzeit gegenüber zu stehen! Weglaufen wollte er nicht, denn er spürte, dass er dann nie zur Ruhe kommen würde.

Udo würde sich selber und seiner Gabriela einen letzten Dienst erweisen und auch seiner Frau Martina, die für ihn gestorben war. Für ihn? Oder wegen ihm?

Seltsam, dass er gerade jetzt wieder an seine Frau dachte!

Gabriela war immer noch ohne Bewusstsein aber das Blut lief nicht mehr weiter, doch Udo kam nicht einmal auf den Gedanken ihr zu helfen, im Gegenteil! Er ging zu dem kleinen Schränkchen im Wohnzimmer worin einige Spiele, aber auch noch Schreibmaterial untergebracht war. Dort hatte er zwei volle Rollen Tesafilm gesehen. Die holte er jetzt.

Wieder bei Gabriela, verschränkte Udo ihre Arme auf dem Rücken und umwickelte die Handgelenke mit einer halben Rolle Tesafilm. Mit der anderen Hälfte der Rolle umwickelte er ihre Fußgelenke. Gabriela wurde nicht wach.

Udo ging in die Küche und holte einen Wischlappen, faltete diesen zusammen und legte ihn auf ihren Mund. Mit einigen kurzen Tesastreifen klebte er ihn fest.

Dann hob er ganz vorsichtig ihren Kopf und führte einige Klebestreifen vom Mund über den Hinterkopf zurück zum Mund.

Udo hob nun Gabriela ganz auf und trug sie auf seinen Armen in die Küche. Als er sie in seinen Armen hielt, fiel ihm wieder ein, dass er Gabriela auch in der Nacht in seinen Armen gehalten hatte, nur eben ganz anders. Er fing wieder an zu weinen.

Er war aber immer noch überzeugt, dass alles was er tat für sie eine Erlösung war!

Udo legte sie in der Küche vorsichtig auf den Fußboden, damit er den Deckel der großen Tiefkühltruhe öffnen konnte. Dann hob er Gabriela wieder auf und legte sie ganz vorsichtig in die riesige Truhe. Da sie leer war, brauchte er nur Gabrielas Beine etwas anwinkeln und sie lag da, wie in einem großen eisigen Bett.

Nach einem letzten, Abschied nehmenden Blick, ging Udo nach oben um sein Geld aus dem Versteck zu holen und eine Tragetasche aus seinem Zimmer mitzubringen. Er setzte sich unten an den Esszimmertisch und zählte 100000€ ab. Das Geld legte er in die Tragetasche. Dann holte er sich aus dem Schränkchen einen Schreibblock und einen Kugelschreiber. Udo schrieb etwas auf einen Zettel, den er in die Tasche legte. Dann knotete er die Tasche richtig zusammen.

Anschließend schrieb er auf einen zweiten Zettel „Für Arian" und klebte diesen mit Tesafilm an der Tasche fest.

Jetzt ging er mit der Tasche zu dessen Haus, wobei er zu Recht hoffte, dass niemand zu Hause war, denn das Auto war weg. Udo legte die Tasche mit dem Geld vor die Haustür.

Schnell ging er wieder ins grüne Haus, nahm die Tasche mit dem restlichen Geld, Gabrielas Pistole und seinen Autoschlüssel mit dem Schlüssel vom Kutter.

Udo setzte sich ins Auto und fuhr zum Liegeplatz des Kutters. Er ging mit dem Geld und der Pistole an Bord. Da Arian ein guter Lehrmeister gewesen war, konnte Udo ohne Problem ablegen.

Das Wetter war auch für eine Ausfahrt in Ordnung. Es fehlte zwar der Sonnenschein, aber der Wind machte sich kaum bemerkbar. Gute Voraussetzungen für eine Fahrt auf das Meer. So dachten wohl auch alle, die Udo dann beobachteten als er den Hafenbereich verließ und hinaus auf das offene Meer fuhr.

Arian kam am späten Nachmittag von der Arbeit nach Hause und sah nur, dass von seinen Gästen ein Auto fehlte. Erst gegen 18:00 Uhr fand er die Tasche mit der Aufschrift „ Für Arian". Seine Frau Elisabeth hatte die Tasche schon vor ihm gefunden, aber einfach nur in die Ecke gelegt und dann vergessen.

Dann geschahen zwei Dinge fast gleichzeitig.

Arian öffnete die Tasche fand das viele Geld darin und einen Zettel auf dem stand „Für einen neuen Kutter".

Er wunderte sich und rief nach seiner Frau, um sich bei ihr nach der Tasche zu erkundigen.

Dabei sah er durch Zufall aus dem Küchenfenster und einen Polizeiwagen auf sein Grundstück fahren.

Die beiden Polizisten darin stiegen aus und klingelten bei Arian. Zu dessen Verwunderung fragten sie ihn nach seinem Kutter und wollten wissen ob etwas geschehen sei, denn die Küstenwache war von einem Frachter informiert worden, dass ein offensichtlich besatzungsloser Kutter auf dem Meer treiben würde und die Schifffahrt gefährdete. Die Küstenwache war ausgelaufen und hatte den Kutter in den Hafen von Farsund geschleppt und anhand der Nummer konnte Arian als Eigentümer ermittelt werden.

Dieser konnte den Polizisten nur erzählen, dass er vermutet hatte, seine Urlaubsgäste wären mit dem Kutter unterwegs, zumal auch nur ein Auto hier stand. Arian ging mit den Polizisten zum grünen Haus. Die Tür war wie immer nicht abgeschlossen und sie traten ein. Arian rief mehrmals ganz laut Udos und Gabrielas Namen, bekam aber keine Antwort. Er schaute einmal flüchtig oben und unten in die Zimmer, aber es war niemand zu sehen. Das Blut am Kaminofen sah er nicht.

Die Polizisten beschäftigten sich in Gabrielas Zimmer mit deren Reizwäsche und machten anzügliche Bemerkungen!

Er fuhr mit den Polizisten zum Liegeplatz des Kutters und hier fanden sie dann auch Udos Auto. Ordnungsgemäß geparkt und auch verschlossen.

Ein Bekannter von Arian kam noch angeschlendert und wollte wissen, was die Polizei im Hafen suchte. Ein Polizist erklärte es ihm und das war auch gut so, denn der Bekannte konnte den Polizisten sagen, das er und noch andere gesehen hatten wie Udo auf das offene Meer hinaus gefahren war – aber nur Udo!

Um Gabriela machte sich noch niemand Gedanken, diese konnte auch zu Fuß irgendwo unterwegs sein.

Arian fuhr mit der Polizei nach Farsund um sich seinen Kutter anzusehen. Dieser war soweit unbeschädigt. Das einzige was fehlte, war der Anker mit dem dicken Seil!

In der kleinen Kabine, wo auch das Steuerrad war, hatte die Küstenwache ein kleines Foto gefunden. Darauf war eine Frau im Hochzeitskleid zu sehen und auf der Rückseite stand, eingerahmt von einem handgemalten Herz, MARTINA.

Als Gabriela am Abend und auch in der Nacht nicht nach Hause kam, erschien am nächsten Morgen die Kriminalpolizei bei Arian und stellte das grüne Haus auf den Kopf.

Aber erst nach zwei Stunden fand man Gabriela in der Tiefkühltruhe…

Arian hatte der Polizei nichts von dem Geld erzählt. Eine Woche nach diesen Ereignissen war der Pfarrer in Farsund mehr als erstaunt, dass eines Morgens eine Tragetasche vor seiner Haustür stand. Inhalt: 100 000€!

EPILOG

Als der Kutter wieder in Borhaug an seinem Liegeplatz lag, fand Arian beim saubermachen in der kleinen Kabine noch einen Zettel auf dem handgeschrieben folgende Zeilen standen:

Ich danke all denen die mich stetes belogen

Die mit ihren Lügen sich selbst auch noch betrogen

Ich dank all denen die mir nicht mehr glaubten

Die mir mein ganzes Selbstvertrauen raubten

Ich danke all denen die sich an meiner Hilflosigkeit weiden

Egal welche Schmerzen ich musste leiden

Ich danke all denen die mich nur benutzten

Die meine Ehre nur beschmutzten

Ich danke all denen die mich einst verließen

Und mich in die Einsamkeit dadurch stießen

Ich danke all denen die nach und auf mich traten

Mich zuvor aber um Hilfe baten

Ich danke all denen die feige nur schwiegen

Als man mir nachsagte Lüge und Intrigen

Ich danke all denen die stets über mich lachten

Und nicht einmal an meine Demütigung dachten

Ich danke all denen die mich straften mit Verachtung

Weil sie dachten mein Hirn schwebt in dunkler Umnachtung

Ich danke all denen die mich zerstörten Hieb für Hieb

Das ich dachte niemand hat mich noch lieb

Ich danke all denen die an meinem Leid sich erfreuten

Auch wenn ich hörte die Glocken des Todes schon läuten

Ich danke all denen die sich ständig an mich rieben

Die mich mit Freude in den Freitod jetzt trieben

Kurt von der Heide veröffentlichte in diesem Verlag auch noch folgende Bücher:

Gedichte - meine Träume

Träumen Sie mit mir

Kurt von der Heide zeigt in diesem Buch ein breites Spektrum seiner dichterischen Ausdrucksstärke.
Er lässt seine Leser teilhaben an Gedichten und Gefühlen aus dem Leben, zum nachdenken, zum schmunzeln und einfach zum genießen.

Books on Demand

**ISBN 978-3-7322-4449-2, Paperback
56 Seiten**

Kurzweilige Kurzgeschichten

Wer hat schon Zeit für langweilige Langgeschichten

Egal ob Natur, Liebe oder Humor, der Auto entführt sie in seine Welt von Kurzgeschichten wobei niemand vor Überraschungen sicher ist! Entspannte Lesefreuden sind garantiert!

Books on Demand

ISBN 978-3-7322-4562-8, Paperback 64 Seiten

Religiöse Gedichte – denn wer glaubt vertraut

Gedichte und Gebete nicht nur für Kirchgänger

In diesem Buch hat Kurt von der Heide religiöse Gedichte und Gebete Geschrieben, die sich ihm nach eigenen, schweren Schicksalsschlägen aufdrängten. Er möchte auch seine Mitmenschen ermutigen sich mit diesem Thema zu beschäftigen.

Books on Demand

ISBN 978-3-7322-5003-5, Paperback 60 Seiten

Lippisches Allerlei

Alles – nur kein Kochbuch

Lipper kann man nicht werden, man muss es von Geburt und Abstammung sein. Wir Lipper sind auch nicht geizig wie uns immer nachgesagt wird. Wir sind nur sparsam! Lipper sind nicht einfach nur Lipper: sie sind auch stolz auf ihr kleines Lipperland, auf die fürstliche Familie und haben mehr Humor als man ihnen meistens zugesteht!

Books on Demand

ISBN 978-3735787279, Paperback
112 Seiten

Samia und die Kirschbaumelfen

Ein Kinderbuch zum Vorlesen

Mit diesem Kinderbuch haben Eltern und Großeltern die Möglichkeit mit ihren 4 – 8 Jahre alten Kindern und Enkelkindern in die zauberhafte Welt der Elfen einzutauchen und phantastische Abenteuer zu erleben!

Books on Demand

ISBN 978-3-7386-0557-0, Paperback
72 Seiten

Samia und die Kirschbaumelfen

Teil II

Ein Kinderbuch zum Vorlesen

Mit diesem Kinderbuch haben Eltern und Großeltern die Möglichkeit mit ihren 4 – 8 Jahre alten Kindern und Enkelkindern in die zauberhafte Welt der Elfen einzutauchen und noch mehr phantastische Abenteuer zu erleben!

Books on Demand

**ISBN 978-3-7386-3250-7, Paperback
80 Seiten**

Kurts neue Geschichten

Kurt von der Heide nimmt den Leser/ die Leserin mit in seine Welt der Kurzgeschichten. In seiner Welt sind die Geschichten zum schmunzeln, zum nachdenken und zum träumen!

Books on Demand

**ISBN 978-3-7357-8104-8, Paperback
124 Seiten**